庫

文庫オリジナル／傑作時代小説

鬼役外伝

坂岡　真

光　文　社

〈鬼役外伝〉目次

鬼役外伝

国綱《くにつな》質入れ

師走、夕刻。

市《いち》ヶ谷御納戸町《やおなんどまち》から尾張《おわり》藩邸へ向かうと、中根《なかね》坂と呼ぶ擂《す》り鉢《ばち》のような坂がある。

傾斜はかなりきつく、雪が積もると滑りやすくなるので、地の者は「転《ころ》び坂」などと呼んでいた。

その中根坂を、身なりのきちんとした武家の老女が供も連れずに下っている。

名は志乃《しの》、鬼役とも称する公儀毒味役、矢背《やせ》蔵人介《くらんどのすけ》の養母であった。

老女と呼ぶには若々しく、身のこなしも軽い。

擦れちがう者たちは例外なく、立ち止まって志乃をみた。

無理もない。

手に薙刀《なぎなた》を提《さ》げているのだ。

嫌でも他人《ひと》の目を惹《ひ》いたが、まったく気に掛けぬところは志乃らしい。

地位や身分などはかりそめのもの、いつなりとでも捨てる覚悟ができている。人生に余計な飾りはいらない。きりりしゃんとした佇《たたず》まいで暮らしてさえいればそれでいいと、当主の蔵人介にも諭《さと》してきた。

その教えは、孫の鐵太郎《てつたろう》にも受けつがれている。

志乃は擂り鉢の底から露地に曲がり、どんつきまで進んでいった。

黒板塀に囲まれた商家の軒下《のきした》には、大きな将棋の駒がぶらさがっている。五二屋《ぐに》とも呼ぶ質屋であった。

将棋の看板は「成金」と「金になる」を掛けた判じ物だ。

こそこそ訪ねる者が多いなか、志乃は堂々と胸を張り、五二屋の敷居をまたいだ。

貧相な皺顔の主人が、帳場格子の向こうから上目遣いにみつめてくる。

「これはこれは、矢背さまの大奥さま、いつもご贔屓《ひいき》に……」

と言いかけ、ことばを呑みこむ。

「……まさか、その国綱《くにつな》をお預けになられるので」

「いけませぬか」

「とんでもございませせぬ。鬼斬り国綱と申せば、矢背さまのご家宝、ご先祖さまが天子様より賜った薙刀と聞いております」

なるほど、売れば百両は下らぬと、志乃も骨董屋に囁《ささや》かれたことがあった。

「さような貴重な薙刀を、手前のほうでお預かりしてもよろしいので」

「よいから持ってきたのじゃ」

「されど、値が付けられませぬ」

「三両でよい」

「へっ、たった三両でよろしいので」

呆気にとられた五二屋の顔が間抜けにみえた。

「ただし、節の終わりには利息をつけてお返しするゆえ、容易《たやす》く流さぬように」

「それはもう、承知しております」

五二屋はうやうやしく薙刀を受けとり、刃を包む皮袋を外す。

大反《おおぞ》りの刃が鈍い光を放った。

手入れが行きとどいており、血曇りなどは微塵《みじん》もない。

ただし、どことなく、背筋のぞっとするような妖気を立ちのぼらせている。

「もしや、どなたかの血を吸っておるのでしょうか」

「はて、どうであろうか。生臭坊主のひとりやふたり、撫で斬りにしたのやもしれぬのう」

「……ご、ご冗談を」

洛北《らくほく》の八瀬《やせ》に居を構えた先祖は、隣りあう比叡山延暦寺《ひえいざんえんりやくじ》の僧たちと里山の伐採権を争った。志乃のことばは、裏付けのないはなしではない。

「ほほほ、真に受けたようじゃな。預かるのが嫌なら、そう申せ」

「いえいえ、これほどのお宝を預けていただけるとなれば、五二屋冥利《みようり》に尽きるというもの。されど、まことによろしいので」

「よい」

「では」

五二屋は小机の抽出《ひきだし》から三両を抜いて渡す。

「かたじけない」

志乃は武張《ぶば》った物言いをし、小判を懐中に仕舞った。

店の外へ出ると、白いものがちらついている。

「これで何とか、正月を迎えられそうじゃ」

志乃はほっと安堵《あんど》の溜息を吐《つ》き、襟を寄せて露地を引き返した。

「ん」

辻の手前で立ち止まる。

殺気を孕《はら》んだ無頼の影が潜んでいた。

三人いる。

月代《さかやき》と頬髭を伸ばした浪人どもだ。

いずれも長い刀を一本だけ落とし差しにし、垢じみた裾を引きずるように近づいてくる。

「奥方、ごたいそうな薙刀を提げておったな。あれを五二屋に預けていくらになった、あん」

不躾《ぶしつけ》に問いかけてきたのは、頬の痩《こ》けた吊り目の男だ。

志乃は迷惑そうに眉をひそめ、黙って通りすぎようとする。

「こら、待たぬか」

別の男が、横合いから手を伸ばした。

志乃はすかさず手首を摑み、片手で捻《ひね》りあげる。

「ぬへっ」

相手のからだが宙に浮き、背中からどすんと落ちた。

「うっ」

息を詰まらせた男の腹を、志乃は雪駄《せった》で踏みつける。

「将軍家毒味役、矢背蔵人介の養母《はは》と知っての狼藉《ろうぜき》か」

凛然《りんぜん》と言いはなち、歌舞伎役者のように見得《みえ》を切った。

「うぬらごとき虫螻《むしけら》の歯の立つ相手ではないわ。去《い》ね」

浪人どもは迫力に気圧《けお》され、尻尾を丸めて逃げだした。

踏みつけられた男も起きあがり、這々《ほうほう》の体《てい》で去っていく。

志乃は爪先に痛みをおぼえたが、気にせずに裾を払った。

大路のほうで、誰かがぱちぱちと手を叩いている。

商家の旦那然とした小柄な男だ。

丁稚《でっち》小僧を従え、近づいてきた。

「お見事にござります。感服いたしました」

褒められて悪い気はせぬが、応じるのも面倒なので素通りすると、商人《あきゅうど》は慌てふためいた様子で追いかけてくる。

「お待ちを。おみ足の白足袋に血が滲んでござります」

「ん」

どうやら、さきほどの荒事で親指の爪を割ってしまったらしい。

「お手当を。手前の肩にお摑まりくだされ。いいや、面倒だ。いっそ、背中に負ぶわれてくださいまし」
断ろうとしたが、強引に背負われ、中根坂を下りてきたほうと反対側に上っていく。
坂の上には金持ちが乗る宝仙寺《ほうせんじ》駕籠が待っており、またもや、強引に押しこまれた。
「さあ、行ってくれ」
商人の合図で、ふわりと駕籠が持ちあがる。
「あん、ほう、あん、ほう」
掛け声も軽やかに、風を切りはじめた。
このような立派な駕籠に乗るのは、何年ぶりであろう。
大名家の重臣に請われ、奥向きで薙刀を指南していたとき以来か。
宝仙寺駕籠は軽快に走り、ほどもなく、四谷《よつや》の法蔵寺《ほうぞうじ》横丁にたどりついた。
案内された『天竺屋《てんじくや》』は寺町《てらまち》の狭間にある。
仏具屋であった。
店先には金箔をほどこした仏像が置かれ、仏壇も大小とりまぜて整然と並んでいる。

志乃は駕籠を降りた途端、抹香臭《まっこう》さに顔をしかめたものの、調子のよい主人に導かれるがまま、店の敷居をまたいだ。

上がり框《かまち》に座って手代に爪の治療をしてもらったあと、中庭に面した客間に案内される。

さきほどの丁稚小僧が茶ではなく、酒肴《しゅこう》の膳を運んできた。

「よろしければ、おひとつどうぞ」

主人に促され、真っ昼間から酒などいただけぬと遠慮したが、ここでも強引にすすめられ、ついに根負けして盃に口をつけてしまう。

主人は下座で三つ指をついた。

「あらためて、ご挨拶させていただきます。手前は天竺屋の主人、佐平《さへい》にございます。どうぞ、お見知りおきを」

「矢背志乃と申します。いろいろとお気遣いいただき、申しわけございませぬ」

頬がほんのり赤くなったところで、佐平は用件を切りだした。

「じつは、困ったことがございます」

「何でしょう」

酒肴までいただいて、聞かぬというわけにもいかない。

佐平は膝を躙《にじ》りよせ、酌をしようとした。

やんわりと断り、はなしのつづきを促す。

「されば、お聞きくだされ。手前には結納《ゆいのう》を控えたひとり娘がございます。名は〝はつ〟と申しまして、親が申すのも何ですが、この界隈で縹緻《きりよう》の良さは群を抜いており、小町娘にもなりましたし、高名な絵師から錦絵に描かせてほしいと頼まれたこともございました。それはもう、目に入れても痛くないほど可愛い娘なのでございます」

母親が早逝《そうせい》したせいもあり、幼いころからおかいこぐるみで育てた娘だった。少しばかり我儘《わがまま》なところは否《いな》めぬものの、弱い者を慈しむ心根の優しさは持っている。ともあれ、非の打ちどころのない娘なのだと、佐平はひとしきり自慢してみせる。

親の欲目とは恐ろしいものだなと、志乃は眉に唾をつけながら聞いていた。

「はつが申しますには、何やら、妙な男につきまとわれておるようで」

「妙な男」

「はい。声を掛けてくるでもなく、遠くの物陰からそっと様子を窺《うかが》っているのだそうです。もしかしたら、今流行《はやり》の〝つきまとい〟かもしれませぬ。どうか、大奥さまにお力添えを賜り、そやつを捜しだして、とっちめていただきたいのでございます」

志乃に迷いはなかった。

「承知しました」

要は、よこしまな行為を止《や》めさせればよいだけのことだ。そのような輩《やから》は、頼まれずとも、痛い目をみさせてやらねばならぬ。

志乃の性分からして、迷う理由などこれっぽっちもみつからなかった。

あっさり請けてもらったことがよほど嬉しかったのか、佐平はいったん席を外し、三方《さんぼう》を小脇に抱えて戻ってきた。

三方を覆う紫の袱紗《ふくさ》を取ると、山吹色の小判が目に飛びこんでくる。

十枚もあった。

三方をかたむけると、じゃらじゃら音を起《た》てる。

「どうか、お納めくだされまし」

「受けとれませぬ」

「そう仰らず。只でかようなお願い事をしていただくわけにはまいりませぬ。天竺屋の沽券《こけん》にも関わります。可愛い娘のことを案じる父親の気持ちだとおもって、どうか、お納めくださいまし」

「そこまで仰るなら」

痩せ我慢することもあるまいと、志乃は十両を受けとってしまった。

佐平は破顔一笑《はがんいっしょう》し、ぱんぱんと威勢よく手を叩く。

襖《ふすま》障子が開き、豪勢な膳を手にした若い衆があらわれた。

「ちょうど、昼餉《ひるげ》にございます、軽くご用意いたしました」

一見しただけでも「軽く」でないことはわかる。

膳には旬の魚や野菜を載せた皿や椀がいくつも並んでいた。

「公方《くぼう》さまのお毒味をご家業になさるお方にたいして、恥ずかしいような品ばかりにございます」

「とんでもない。かように豪勢なお膳、ここ何年もお目に掛かったことすらございませぬよ」

嘘でも愛想でもない。

質素倹約につとめねばならぬ貧乏旗本にとって、正月でも目にすることができない膳なのだ。

こればかりは断腸のおもいで断り、志乃は『天竺屋』をあとにした。

冬日和《びより》の日、志乃は下男の吾助《ごすけ》を従え、正月飾りを売る歳の市で賑わう愛宕《あたご》神社へやってきた。

「門松《かどまつ》三方に注連《しめ》飾り、何でも揃って十六文だよ」

参道には、景気の良い香具師《やし》たちの売り声が飛びかっている。

急な石段を上ったさきの高台からは、江戸湾を一望にできた。

蒼海《そうかい》の涯《は》てには白い帆を立てた千石船も見受けられ、客たちは先を争うように景色を楽しんでいる。

志乃は海原に背を向け、参道の左右に並ぶ葦簀《よしず》張りの屋台を注視していた。

鋭い眼差しのさきには、花柄の振袖を纏《まと》った娘がいる。

天竺屋の娘、おはつだ。

町娘の仲間たち三人で遊山《ゆさん》に訪れていた。

おはつを見張っていれば、つきまといの男をみつけられるとおもった。

ただし、おはつには、こちらのことは伝えていない。

「大奥さま、怪しい人影は見当たりませぬな」

吾助が目を皿にして言う。

先代から矢背家に仕える老僕は、ただの下男ではない。

誇り高き八瀬童子《どうじ》の末裔《まつえい》であった。

洛北にあって天皇家の駕籠を担ぐ使命を帯びた八瀬童子は、比叡山延暦寺にも昂《こう》然《ぜん》と牙を剝《む》くほどの反骨心を携えている。戦乱の世にあっては「天皇家の影法師」として間諜《かんちょう》の役目を担い、かの織田信長《おだのぶなが》でさえも懼《おそ》れたという。

八瀬衆を束ねる主家に生まれた志乃にとって、吾助は頼り甲斐のある下僕だった。

「取りまきの娘たちが、姫君の世話をする奥女中にみえますな」

吾助のことばは、いつも核心を衝《つ》いている。

床店《とこみせ》を素見《ひやか》すにしても、物を買うにしても、おはつの我が儘ぶりは何かにつけて際立っており、志乃はさきほどから強《こわ》意見したい衝動に駆られていた。

「お、あそこに怪しい者が」

志乃も勘づいていた。

娘たちとの中間に風車を売る屋台があり、みるからに怪しげな若侍が物陰から娘たちの様子を窺っている。

おはつは娘たちとともに、びらびら簪《かんざし》を物色しているところだ。

「吾助、あの若造を連れてまいれ」

「はは」

体術に優れた下男は音もなく移動し、怪しい侍の背後に迫った。

気配に振りむいた侍の鳩尾《みぞおち》に、ばすっと当て身を食《くら》わす。

「うっ」

蹲《うずくま》る侍をひょいと肩に担ぎ、吾助はのんびり戻ってきた。

あまりに手際がよいので、客も香具師たちも気づかない。

本殿裏手の木陰で、志乃が待っていた。

吾助は侍を地べたにおろし、背中にまわって活《かつ》を入れる。

「くっ」

侍は目を醒ました。

眼前には、志乃の柔和《にゅうわ》な顔がある。

「……な、何をした。わしに何をしたのだ」

「うろたえるでない。天竺屋の娘をみておったであろう。ほれ、こたえよ」

志乃の気迫に呑まれ、侍は身を縮める。

吾助が背後に佇んでおり、抵抗されたら痛めつける用意はできていた。

責め苦を与えるまでもあるまいと、志乃は判断したようだ。

「なにゆえ、あの娘をみておった。しかとこたえねば、痛い目にあわせるぞ」

志乃が睨みつけると、侍は身震いする。

それでも、口を割ろうとしない。

仕方なく、志乃は目配せをした。

吾助が懐中から尖《とが》ったものを抜き、侍の脇腹に突きつける。

「正直に喋んな。さもねえと、ぐさりだぜ」

脅しが効いた。

尖ったものの正体は、ただの棒切れだ。

「待ってくれ、あの娘を調べているだけだ」

「誰に命じられた」

「又吉吉太郎《またよしきちたろう》さまの御母堂《ごぼどう》に」

「又吉か。どこかで聞いた姓じゃな」

おもいだせずにいると、吾助が小声であっさりこたえた。

「旦那さまのご同僚であられますよ」

「鬼役か」

「はい」

志乃は驚き、若い侍に問いかえす。

「おぬし、又吉家の用人《ようにん》か」

「いかにも」

「なにゆえ、あの娘を調べておるのじゃ」

「じつは、両家は年明け早々に結納を取りかわす段取りになっております。お相手が武家ならばまだしも、商家の娘御ゆえ、事前に人となりなどを知っておきたいと奥方さまがご命じになられたのです」

「なるほど、そういう事情か」

志乃は肩の力を抜いた。

「ご納得いただけましたか」

「ふむ、とんだ無礼をはたらいてしもうたわ。そうした事情ならば、かの娘を存分に調べるがよかろう。ただし、気取《けど》られぬことじゃ」

背中を向けると、侍に呼びとめられた。

「あの、失礼でござりますが、どちらさまで」

「世話好きの年寄りじゃ。わたくしのことは忘れて、お役目に専念なされよ」

「はあ」

煮えきらぬ様子の侍を残し、志乃と吾助はその場を離れる。

何も知らぬおはつたちは、参詣客の波に紛《まぎ》れてしまっていた。

急な石段を下りながら、又吉吉太郎の人となりが気になりだす。

「旦那さまにお尋ねになったらいかがでしょう」

志乃の気持ちを察したかのように、吾助が笑いかけてきた。


志乃は市ヶ谷御納戸町の自邸に戻り、幸恵《ゆきえ》に夕餉の献立を尋ねた。

幸恵は徒目付《かちめつけ》の家から嫁いできたしっかり者だが、料理はあまり得手でない。ことに味噌汁の味は、上方育ちの志乃にとって当初は濃すぎたものの、近頃はいくぶんかましになった。

鬼役は宿直《とのい》が多いので、毎日夕餉をともにすることは難しい。それでも、できるだけ夕餉はみなで揃って食べることにしている。そうでなければ、家の秩序が保てぬという志乃の方針から、当主の蔵人介を筆頭に家人はもちろん、奉公人もすべて同じ部屋で膳を囲むことになっていた。

もちろん、座り方の序列はある。

床の間を背にした上座に蔵人介が座り、当主に向かって右手には嗣子《しし》の鐵太郎、幸恵と並ぶ。一方の左手には志乃が陣取り、少し離れた下座に用人の串部六郎太《くしべろくろうた》が座る。そして、畳の間からつづく板の間のほうに、吾助と女中頭のおせき、さらには屋敷奉公で預かっている町娘たちが集《つど》った。

本来ならばもうひとり、隣家から預かった居候の望月宗次郎《もちづきそうじろう》が志乃の隣に座っていなければならぬのだが、宗次郎は廓《くるわ》に入りびたっており、この場にすがたをみせるのは稀だった。

志乃は色男の宗次郎に甘く、廓通いを知りながらも、屋敷から追いだそうとしない。

いつも揉め事の尻拭いをさせられる蔵人介としては、そのあたりが不満であったが、口に出すことはなかった。

「されば、いただきましょう」

みなで両手を合わせ、箸を持って食べはじめる。

静けさのなか、汁を啜《すす》る音しか聞こえてこない。

無駄口をたたく者もおらず、じつに整然とした夕餉の風景であった。

志乃が空咳を放ち、おもむろに喋りだす。

「ときに蔵人介どの、又吉吉太郎という御仁をご存じか」

「同役にござりますが」

「どのような御仁であろうな」

「気性のまっすぐな若手にござる。正直、毒味役にはもったいないほどで」

「何を申す。お役目を愚弄《ぐろう》するでない」

「は、申しわけござりませぬ」

志乃は叱りつけ、しばらく黙って箸を動かし、おもむろにまた口をひらいた。

「毒味の力量はどうじゃ」

「筋はよろしいかと。三年もすれば、ひとかどの毒味役になりましょう」

「おぬしを越えようか」

ぎろっと睨まれ、蔵人介は首をかしげる。

「さあ、それはどうか。もっとも、又吉が三年後も毒味役である保証はござりませぬ」

「むしろ、そうでない公算が大きいの。出世しそうな御仁か」

「ご実家は一千石取りゆえ、本人の努力次第でいかようにも出世は望めましょう」

「何故、それほどの御仁が鬼役になったのかのう」

蔵人介は、ためらいがちに口をひらいた。

「又吉本人からは、ご先代のご意向と聞いておりますが」

「なるほど、若いうちに苦労をさせておこうとの親心か」

「そうしたお考えもありましょう。ちと案じられるのは、生真面目で世渡りの不得手なところにござります」

「おぬしと似ておるではないか。もっとも、当家は二百俵取りにすぎぬがな」

「ともあれ、上役に恵まれることが出世の条件になりましょう」

「さようか」

仏具屋のじゃじゃ馬娘にとっては、なかなか得難い相手のようだなと、志乃はおもった。

「養母上《ははうえ》、なにゆえ、又吉のことをお聞きになられます」

「いやなに、たいしたことではないわ」

志乃にお茶を濁され、蔵人介はしらけたような顔をする。

板の間のほうで、吾助がにやりと笑った。

十両の金子《きんす》を貰って仏具屋の頼み事を請けおったなどと、誇り高い志乃が口にできるはずもない。

安易な道を選ぶでないと、日頃から厳しく躾《しつ》けている鐡太郎の手前もあった。吾助は固く口を噤《つぐ》むように命じられている。

蔵人介のみならず、幸恵も不思議におもったようだが、もちろん、志乃を追及する者はひとりもいない。

ぎこちない夕餉は終わり、勝手のほうで片付けがはじまると、志乃は今までの経緯を胸の裡《うち》に留めておくことができず、幸恵にだけはそっと秘密を打ちあけた。

志乃は事の経緯を告げるべく、四谷法蔵寺横丁の『天竺屋』を訪ねた。

主人の佐平は下にもおかぬ歓迎ぶりで、酒肴の仕度などもしていたが、志乃は盃を取ろうともしなかった。

「ご主人には知っておいていただかねばなりませぬ。なるほど、おはつどのを遠目から眺めていた怪しい者はおりました」

「ほ、さようにござりますか」

「はい。されど、その者は結納を交わすさきの又吉家に仕える用人で、ご当主のお母上に命じられて詮方なく、おはつどのの人となりを調べておりました」

「何と」

佐平は驚き、ことばを失う。

「つまり、先様の奥方さまが家柄にふさわしい娘かどうか、ご案じになっておられるわけですな」

「そういうことになりましょうか。これも親心とおもうて大目にみるか、それとも許し難い所業ゆえにご縁がなかったことにするか、どちらにするかはご主人のご判断にお任せいたします」

佐平は、間髪《かんはつ》をいれずに言う。

「こたえは決まっております。縁談はすすめさせていただきたい。なにしろ、娘を御旗本に嫁がせるのが、手前の積年の夢にございます」

「さようでしたか」

「あの、先様のお役目はお毒味役と聞いております。なれば、矢背さまのご当主ともご昵懇《じっこん》かと。人となりなどは、ご存じありませぬか」

「他人の評価をするほど、おこがましい身ではありませぬが、わが当主によれば、なかなかの好人物とのことにござりますよ」

「さようですか」

佐平は、ほっと肩の荷をおろす。

「されば、わたくしはこれにて。お役目は終わりにさせていただきます」

志乃は懐中から金子の包みを取りだし、畳に滑らせた。

「この十両は受けとれませぬゆえ、お返しいたします」

「へっ、それは困ります。このような面倒事を只でやっていただくわけにはまいりませぬ」

「只ではありませぬよ。割れた爪を治療していただきました。あれで充分です」

「いいえ、それでは天竺屋佐平の顔が立ちませぬ」

押し問答をしているところへ、番頭が血相を変えて駆けこんできた。

「旦那さま、たいへんです。矢文が、矢文が廊下の柱に」

そう言って、折れた矢を差しだす。

「ごめん」

志乃が膝を躙りよせ、矢文を開いてみせた。

――娘の値段五百両　本日亥ノ刻　瘤寺御神木
少し震えるような文字だが、なかなか達筆な字だ。

佐平はうろたえ、畳に両手をつく。

「……ど、どういたしましょう」

「困りましたね」

志乃は沈着冷静に漏らし、もう一度じっくり文を読みかえした。


亥《い》ノ刻。

ちらちらと降っていた雪が、気づいてみれば斑《まだら》に降りつづいている。

瘤寺《こぶでら》こと自證院《じしょういん》は、市ヶ谷谷町《たにまち》から内藤新宿《ないとうしんじゅく》に向かう途中にあった。

四谷の寺町からみると、西へ数丁歩いたさきの物淋しいところだ。

自證院は尾張藩に縁の深い天台宗の寺院で、桜の名所としても知られているが、堂塔の用材に檜《ひのき》の節目が多いものを用いているので、瘤寺の異称がある。

御神木である杉の巨木が、闇を衝《つ》かんとするばかりに聳《そび》えていた。

志乃は佐平と吾助を背に従え、御神木の根元に近づいていく。

佐平は松明《たいまつ》を掲げ、吾助は五百両箱を抱えていた。

町奉行所にも相談せず、三人だけでやってきたのだ。

付き添いが老女とわかれば、先方も警戒を解くにちがいない。

舐めてかかってくれれば、しめたものだ。

御神木の根元には、強面《こわもて》の若い男が立っていた。

辻の暗がりで弱い者を襲うたぐいの小悪党であろう。

図体は大きいが、腕も度胸もたいしたことはあるまい。

「金は持ってきたか」

小悪党に問いかけられ、佐平は声を裏返す。

「お持ちいたしました。娘は、娘はどこに」

前のめりになる佐平の袖を引き、志乃は一歩踏みだした。

「何だ、この糞婆ぁ」

「無礼な。わたくしは矢背志乃、公儀毒味役を家業にする矢背家の者にございます」

「毒味役の婆ぁが何しに来やがった」

「吼《ほ》えるでない。天竺屋さんの助っ人じゃ」

「ふん、しゃしゃり出てくるんじゃねえ」

志乃は怒りを抑え、後ろの吾助を指し示す。

「あのとおり、五百両はお持ちしました。おはつどのをこれへ」

「うるせえ。金が先だ」

「黙らっしゃい。おはつどのを無事に戻さぬかぎり、五百両を渡すわけにはまいらぬ」

「けっ」

小悪党は志乃の気迫に負け、太い幹の向こうに声を掛けた。

「おい、娘を連れてこい」

「へい」

木陰で声を揃えて返事をし、若いのがふたりあらわれた。

左右から、娘を挟みこんでいる。

おはつだ。

「あっ、おとっつぁん」

「……お、おはつ」

父と娘の再会に涙する場面だが、妙だなと志乃は感じた。

「おとっつぁん、助けて」

おはつは叫び、必死の形相《ぎょうそう》で逃れようとする。

その仕種《しぐさ》すらも、どことなく芝居じみてみえた。

右の若いのが匕首《あいくち》を抜き、おはつの首筋にあてがう。

「うわっ、やめてくれ。金は渡す。渡すから刃物を仕舞ってくれ」

佐平は吾助を促し、五百両箱を最初の男のもとへ運ばせる。

吾助は図体の大きい男のそばに身を寄せ、足許に五百両箱を置いた。

「開けてみせろ」

指示どおりに蓋を開けると、黄金色の輝きが闇を照らす。

「おっ、すげえ」

男どもが発した。

と同時に、おはつが若い連中の手を振りほどいた。

「吾助」

志乃が叫ぶ。

吾助は猿のように跳ね、箱を覗きこむ男の喉に蹴りを入れた。

「ぐえっ」

倒れる男を飛びこえ、志乃も迫った。

「いえい」

匕首を握った男の首筋に、素早く手刀を浴びせる。

「ひょっ」

男は白目を剝いて倒れた。

「うえっ」

もうひとりは尻をみせ、一目散に逃げていく。

吾助は用意していた荒縄を取りだし、倒れたふたりを後ろ手に縛りつけた。

「うほほ、さすが大奥さまだ。従者の方もただ者ではない」

手放しで褒める佐平のかたわらで、おはつはぶるぶる震えている。

血の気が失せた顔は、さきほどとはちがって芝居がかっていない。

志乃は優しく問いただした。

「何か事情がありそうですね」

おはつは返事もせず、ただ俯《うつむ》いている。

「矢文の筆跡、あれはおなごのものでした。書いたのは、あなたですね」

「えっ」

娘ではなく、父親のほうが仰天《ぎょうてん》してみせる。

かまわず、志乃はたたみかけた。

「おはつどの、正直におはなししなさい」

「……は、はい」

おはつは消えいりそうな声で返事をし、半べそを搔きながら吐きすてる。

「鬼役の家になど、嫁ぎたくありません」

「だから、下手な芝居を打ったのですか」

「そうです。お相手にお支払いする仕度金は、五百両と聞きました。それさえなくなれば、おとっつぁんもあきらめてくれる。そうおもったのです」

「小悪党どもとは、どこで知りあったの」

「縁日でからかわれたんです。金になることなら、何だってやるって言うもんだから……ご、ごめんなさい。ほんとうに、ごめんなさい」

謝る娘のかたわらで、父親の佐平は呆気に取られている。

志乃は首をかしげ、優しく問うてやった。

「どうして、そんなに鬼役が嫌なの」

おはつは眉間に皺を寄せる。

「だいいち、毒に中《あた》っていつ死ぬともかぎらないではありませぬか。毎晩、そのような不安な気持ちで旦那さまのお帰りをお待ちしたくはありません」

「なるほど、お気持ちはわからぬでもない。されど、それほど案ずることもありませんよ。なにせ、矢背蔵人介という鬼役は、かれこれ二十年余りも公方さまのお毒味をおつとめ申しあげているのですからね」

「えっ、二十年余りも」

「何を隠そう、わが矢背家の当主ですよ」

「……ほ、ほんとうですか」

おはつは目を丸くさせた。

縛られた小悪党ふたりが目を醒ます。

志乃は吾助に命じて、縄を解いてやった。

そして、自分の袖から一分金二枚を取りだし、ふたりの手に握らせる。

「それは手間賃です。二度と、おはつどのには近づかぬように。近づいたときは、命がないものとおもいなさい」

「ひぇっ」

ふたりは這々の体で逃げていく。

あれだけ脅せば、まず、心配はあるまい。

佐平とおはつは恐縮し、顔をあげることもできなかった。

「鬼役も捨てたものではありませぬよ」

志乃は、悠然と微笑む。

「箸を使う所作《しょさ》は美しく、おもわず、引きこまれてしまうほどです。何なら、一度毒味の所作をご覧になったらいかが」

おはつは戸惑いつつも、拒むことができなかった。

いつのまにか雪は熄《や》み、空には欠けた月が出ている。

月の光に照らされたせいか、おはつの顔は蒼白くみえた。

一方、志乃の顔には一点の曇りもない。

毒味御用に、揺るぎない誇りを抱いているからだ。

亡くなった夫である先代の信頼《のぶより》は、常々、養子になった蔵人介に鬼役の心得を説いていた。

——河豚《ふぐ》毒に毒草、毒茸《きのこ》に蟬《せみ》の殻《から》、なんでもござれ。死なば本望《ほんもう》と心得よ。

泰平の世にあって、命を懸けて尽くすことのできる役目などほかにない。

そうした役目に就くことができるのを、侍の名誉と考えるべきであろう。

本来ならば、心して嫁ぐのだぞと、町娘を厳しく諭してやりたいところであったが、志乃は自重《じちょう》した。

やはり、おはつの気持ちを変えるには、毒味御用を体験させてやるしかなかろう。

そう、おもいなおしたからだ。

穏やかな陽の光が縁側に日だまりをつくっている。

暮れも押しせまった冬日和の日、日本橋浮世小路《にほんばしうきよ》の小料理屋『百瀬《ももせ》』では、めずらしい「毒味の会」が催されていた。

毒味の所作を披露する特別な催しである。

仕掛けたのは、志乃であった。

客の席には、この催しに金を出した天竺屋の父娘が座り、又吉吉太郎とその両親も呼ばれている。

両家としては初の顔合わせなので、見合いも兼ねていた。

吉太郎は想像以上に若く、体格こそ堂々としているものの、横顔にはまだ幼い頃の面影を宿していた。切れ長の涼しげな眸子《まなこ》や鼻筋の通った風貌は、どことなく若い時分の蔵人介を髣髴《ほうふつ》とさせたが、如何《いかん》せん、人生経験の浅さというものを感じざるを得ない。

なぜ、自分と両親がこのような席に呼ばれなければならないのか、今ひとつ納得できない様子がありありと顔に浮かんでいる。

それに関しては、気位《きぐらい》の高そうな母親も同じで、なぜ、家禄一千石の旗本がたかが商人の招きに応じ、格下の矢背家に指図されねばならぬのかという不満が、気持ちの根底に燻《くすぶ》っている。

店に足を運んだときから、ろくに挨拶を交わさぬところなどからしても、気の強い性分であろうことは想像に難くなく、この母親ならば嫁になるかもしれぬ娘を密かに調べさせるにちがいないと、志乃はおもった。

姑と嫁の将来がおもいやられるものの、どこの家にもあることなので気にしても仕方ない。じゃじゃ馬なところのあるおはつならば、かえって、姑と張りあいながら上手くやっていくかもしれなかった。

一方、父親のほうは、なかなかの好人物だった。すでに、要職から外れているとはいうものの、家格に応じた重厚さを感じさせ、少々のことには動じない泰然としたおもむきを備えている。

正直なことを言えば、又吉家の台所事情はかなり苦しいらしく、仏具屋の嫁を貰う唯一の理由はまとまった仕度金にある。ゆえに、今日のような奇抜な催しも、天竺屋から是非にと誘われたので断ることができなかった。

とはいうものの、子息を修業のために鬼役に就かせたほどの父親である。よほど性根《しょうね》の据わった気骨《きこつ》のある人物でなければ、そのようなまねはできまい。

気骨のある父親にしても、洗練された毒味作法は目にしたことがないようだった。

これもよい機会だと、志乃は気楽に考えている。

「さてご覧《ろう》じろ。本日、毒味の会を催しましたのは、ひとえに毒味御用の所作をご理解たまわりたいがため。皆々様にはお集まりいただき、恐れいりたてまつります る」

志乃は両家の面々を眺めまわし、仰々しく口上を述べた。

「さすればさっそく、毒味役に登場願いましょう。矢背蔵人介にござりまする」

隣部屋とを分かつ襖障子が音もなく開き、堂々とした物腰の蔵人介があらわれた。

深紫の地に福を運ぶ花喰鳥《はなくいどり》の文様をあしらった裃《かみしも》を纏い、長い袴の裾を畳に滑らせながら進んでくる。

座は、しんと静まりかえった。

ここは鬼役が毒味御用をおこなう千代田《ちよだ》城内の「笹之間《ささのま》」ではないかという錯覚さえ抱く。

もちろん、志乃が無理を言って蔵人介に承諾させたのだ。

内心は辟易《へきえき》としているはずだが、心の動きは面《おもて》に出さない。

蔵人介の凛《りん》とした物腰は、観る者たちを確実に圧倒していた。

所定の位置に座ると、店の若い者たちの手で膳が運ばれてきた。

一流の庖丁人が腕によりをかけてつくった品々で、公方の食する膳が正確に再現されている。

「されば、はじめよ」

志乃の合図を聞き、蔵人介はまず、銀の銚子から陶の盃に下り物の燗酒を注いだ。

両手で盃を持ち、口許でわずかにかたむける。

呑むというより、ふくむと言ったほうがよい。

音はまったくさせず、所作に弛《ゆる》みは微塵もない。

つづいて、蔵人介は膳に移った。

一の膳の汁は鯉《こい》こく、向こう付けの刺身は鯛《たい》と平目《ひらめ》である。さらに酢の物は海鼠《なまこ》の生姜酢に蕪《かぶら》の山葵《わさび》味噌和え、鯛の膾《なます》には栗と生牡蠣《がき》が添えてあった。

蔵人介は懐紙を取って口を隠し、真っ白な杉箸の先を器用に使いはじめる。

咀嚼《そしやく》する音も、息継ぎすらも聞こえない。

しんと静まったなかで、わずかに衣擦《きぬず》れだけが心地好く聞こえている。

毒味作法は淡々とすすんでいった。

つぎに運ばれてきたのは平椀の煮物で、素材は塩鮎《あゆ》や白魚《しらうお》などだ。ほかにも、鴨《かも》、青昆布と蕪《かぶ》、独活《うど》、木耳《きくらげ》の玉子とじなども見受けられる。大蕪の煮物には葛餡《くずあん》をかけ、花鰹《はながつお》を散らしてあった。その花鰹が、熱に踊っている。

さらに猪口《ちょく》は小鮒《こぶな》と昆布巻きの煮浸し、黒豆と木耳と銀杏《ぎんなん》などで、お壺にはからすみや貝柱がはいっており、旬の珍しい品としては海鼠を干した金子《きんこ》なども供されていた。

毒味を済ませた一の膳は、城内であれば、即座に温め部屋へ移される。

だが、客たちのもとへ供された。

膳は同じものが人数分だけ用意されている。

ところが、誰ひとり箸をつけようとしない。

箸を持つのも忘れて、毒味作法に見入っているのだ。

蔵人介のもとへは、若い者たちの手で二の膳が運ばれていた。

吸い物は小鴨と湯葉、ほかに、薄く切った鮑《あわび》と芹根《せりね》を合わせた品も用意されている。平皿には、定番の鱚《きす》の塩焼きと付け焼きが載っていた。雁《かり》の肉に塩占地《しめじ》と皮牛蒡《ごぼう》を付けあわせた品もあり、塩鰤《ぶり》を酒で煮た丹後《たんご》鰤なども出された。そして、置合わせには蒲鉾と玉子焼き、さらに、鴨の炙《あぶ》り肉にくわえて鶴《つる》や兎《うさぎ》の肉までが供される。

これだけでもたいへんな品数だが、まだ終わりではない。

何と言っても膳の中心となるのは、甘鯛《あまだい》の尾頭付きを薄塩で焼いた一品であった。

繰りかえしになるが、蔵人介の指示で、公方の食す膳が正確に再現されている。

塩の量まで細かく指図されており、庖丁人たちは意気に感じて協力してくれた。

尾頭付きの平皿を運んできたのは、幸恵にほかならない。

地味な着物に襷《たすき》掛けをし、黒子に徹している。

もちろん、毒などはいっていないものの、城内での作法を寸分の狂いもなく披露しなければならなかった。

蔵人介は瞑目《めいもく》し、毒味作法でもっとも難しいとされる骨取りに挑む。

迅速かつ大胆に、そして細心の注意を払って、骨取りはおこなわれる。

それはあらゆる困難を乗り越えてきた者にしか許されぬ役目、言ってみれば聖域にほかならない。

毒味が終わった膳は、客たちの面前に並べられていった。

だが、誰も膳には気を向けず、蔵人介の所作に目を貼りつけている。

鬼役を究めた者の所作は、喩《たと》えてみれば、一流の能役者の動きにも似ていた。

優雅にして清冽《せいれつ》、しわぶきひとつ躊躇《ためら》われるような静寂のなかで、白木の箸が自在に動いている。

もはや、人の動きを超越していた。

神の領域に触れていると言っても過言ではない。

おはつなどは、魂を奪われたような顔をしている。口を半ば開けたまま、釘付けになっているのである。

骨取りをとどこおりなく済ませ、蔵人介は箸を措《お》いた。

箸先の一寸より上は、わずかも濡れていない。

客たちは我に返り、詰めていた息を吐きだした。

ようやく、毒味を終えた膳に箸をつけはじめる。

贅《ぜい》を尽くした品々だ。山海の珍味もあれば、活魚もある。

あらかた食事が済むと、日本橋本 銀 町《ほんしろがねちょう》の『大久保主水《おおくぼもんと》』でしか求められない羊羹《ようかん》も運ばれてきた。

誰もが満足そうだった。

鬼役の作法と一流の料理を、両方とも堪能できたのだ。

文句など、あろうはずもない。

おはつの頬には、赤味が射していた。

羊羹を頬張りながら、仕舞いには涙ぐんでしまう。

そして、恥じらうように微笑み、かたわらの父親に小さくうなずいてみせた。

絶妙の間合いをとらえ、志乃が口をひらいた。

「毒を啖《くろ》うて死なば本望と心得よ。鬼役とは、なるほど、なまなかな心構えでつとまるお役ではありませぬ。支える伴侶の苦労も並大抵のものではござらぬ。されど、あらゆる苦労を補って余りあるだけの見返りはございます。それは、お役にたいするおもいの深さと申しあげてもよろしいでしょう。おはつどの、よいか。侍の矜《きょう》持《じ》を失った者に、鬼役はつとまりませぬ。さようなお方のもとへ嫁ぐことのできるご自分を、幸せだとお思いなされ」

おはつは感極まり、溢《あふ》れる涙を袖で拭った。

父親の佐平ばかりか、又吉家の面々も貰い泣きをしている。

蔵人介と幸恵は隣部屋に控え、襖の隙間から様子を窺っていた。

かたわらには、佐平から預かった「鬼斬り国綱」が置いてある。

志乃が謝礼を受けとらぬので、せめてこれだけでもと、佐平が内緒で五二屋から請けだしてくれたのだ。

蔵人介と幸恵は、しっかりうなずきあった。

若いふたりは、めでたく結ばれるにちがいない。

年の暮れに何かひとつよいことをすれば、新しい年は災厄無く過ごすことができるという。

大役を果たした志乃の表情は、雲ひとつない今日の空のように晴れ晴れとしていた。

月の櫛

畦道《あぜみち》に沿って、刈りとった稲を干すための稲架木《はさぎ》が並んでいる。

二百十日の野分《のわき》も去って、江戸近郊の百姓家では刈り入れを迎えつつあった。

涼風に稲穂の靡《なび》く時季になると、串部六郎太《くしべろくろうた》は亀戸村《かめいど》まで出向き、当て処《あど》もなく散策するのを常としている。

生まれ育った美濃《みの》の郡上八幡《ぐじょうはちまん》は三方を山に囲まれた山里だ。良質な美濃米を産することでも知られ、城下から一歩外に出れば一面に田圃《たんぼ》が広がり、頭《こうべ》を垂れた稲穂が黄金《くがね》の波となって風に揺れていた。

忘れたくても忘れられない光景だ。

串部は親の代から郡上八幡四万八千石を領する青山《あおやま》家に仕え、田畑の検見《けみ》役に就き、領内の村々へ足を運ぶのを日課にしていた。

郡上八幡と言えば、今から八十年ほどまえに勃発した宝暦《ほうれき》の百姓一揆が想起される。

当時の領主であった金森《かなもり》家の過酷な年貢徴収に苦しめられた百姓たちが筵旗《むしろばた》を掲げて蹶起《けっき》し、多大な犠牲を払ったすえに殿様を改易《かいえき》へと追いこんだ。しかも、金森家を支持した幕閣重臣の多くが更迭《こうてつ》された。一千人を超える百姓たちの義憤が時の幕府を動かした稀有《けう》な例である。

新領主となった青山家の藩士たちは金森家の轍《てつ》を踏まぬように、幼い頃より国の礎《いしずえ》は百姓であることを叩きこまれる。百姓は偉い。粗食に耐え、藩士たちのために米を作ってくれる。ゆえに、気骨ある百姓たちを誇りにおもい、敬わねば罰が当たると、子どもたちは厳しく教えられた。

串部が百姓を敬う気持ちも、生来育《はぐく》まれたものだ。

いざとなれば、侍は百姓を守らねばならぬ。

そうした使命に燃えていたころもあった。

青山家に生涯を捧げ、郡上八幡に骨を埋めるつもりでいたのだ。

ところが、禍々《まがまが》しい出来事のせいで、藩に居場所を失った。

今から十五年もむかしのはなしだ。

二十一歳で出仕を果たし、六年目を迎えていた。

侍をやめるどころか、生きるのをやめたいとすらおもった。

「くそっ」

おもいだしたくもない。

良い思い出は次第に色褪《あ》せるが、忘れたい思い出はいつまでも心の片隅にへばりついている。

串部は畦道を取って返し、小名木《おなぎ》川沿いに築かれた桟橋から小舟を仕立てた。

空は鱗雲《うろこぐも》に覆われている。

放生会《ほうじょうえ》も近いので、万年《まんねん》橋のたもとからは放し亀売りの売り声が聞こえてきた。

「亀はいかが、鰻《うなぎ》もござるよ」

小舟は万年橋を潜って勢いよく大川へ飛びだし、満々と水を湛《たた》えた川面に水脈《みお》を曳《ひ》きつつ、対岸の箱崎《はこざき》へ向かった。

川風は頬に心地よく、粋なおなごでも誘って月見舟としゃれこみたい気分だ。

もちろん、不器用な自分にできるはずもない。

「おなごとは縁がないからな」

自嘲気味に微笑む顔も、どことなく淋しげだ。

意中に描く相手は、ひとりしかいなかった。

名はおふく、日本橋芳町《よしちょう》で一膳飯屋を営む女将《おかみ》である。
「おふくは苦労を知っている」
男の悲哀を理解できる女だ。
そうでなければ、串部は惚れぬ。
ただし、十年越しの恋情《おもい》を口に出して伝えたことはない。
伝えたい気持ちはあるものの、きっかけが摑めなかった。
断られることを恐れている。嫌われたらどうしようと、女々《めめ》しく悩んでいるのだ。
主人と仰ぐ矢背蔵人介にも「いつまで焦《じ》らすのだ」と、何度かたしなめられた。
小心者の自分が、つくづく嫌になってくる。
しかも、秋風が吹く今ごろの季節になると、おふくの見世《みせ》から足が遠のいた。
おそらく、苦い過去をおもいだすからだろう。
川面は夕空を映し、茜色に燃えている。
串部は鎧《よろい》の渡しで小舟を降り、魚河岸に通じる思案《しあん》橋の手前まで進んだ。
小網町《こあみちょう》の川縁では、大きな柳がざんばら髪のような枝をそよがせている。
貝杓子店《かいじやくしだな》を抜け、親父《おやじ》橋の手前を右に折れれば芳町だ。
芝居町の喧噪《けんそう》を逃れた露地裏には、陰間《かげま》茶屋が軒を並べている。

串部は親父橋の手前で立ちどまり、迷いながらも右に折れた。
さらに、六軒町《ろっけんちょう》のさきを右手に曲がれば、狭い露地がある。
通い慣れた三ツ股の入口に立つと、暗がりから野良犬が飛びだしてきた。
はっとして、愛刀の柄に手を添える。
片耳の折れた野良犬は、尻尾を巻いて逃げていった。
「ふん、脅かすな」
襟を正し、一歩踏みだす。
刹那《せつな》、明樽《あきだる》に足を取られた。
「うっ」
たたらを踏み、前のめりに倒れこむ。
ずきっと、胸が痛んだ。
起きあがり、裾の埃《ほこり》を払う。
ふと目をやれば、道に何かが落ちていた。
懐中に仕舞っておいたものだ。
腰を屈《かが》め、拾いあげる。
月の形をした柘植《つげ》の櫛だ。

まっぷたつに割れている。
「不吉な」
この十五年、欠けたことすらなかったのに。
串部は悲しげに顔をしかめ、ためらいがちに踵《きびす》を返した。
やはり今宵も、おふくの顔は拝めそうにない。
すでに陽は落ち、背中の奥の夕闇に、青提灯が灯《とも》っている。
提灯の表には、朱文字で『お福』と書かれてあった。
縄暖簾を下げる細腕は、女将のものにまちがいない。
串部は気づかれぬように身を縮め、辻の入口から離れていった。
横幅のある後ろ姿が、蟹股《がにまた》で親父橋のほうへ遠ざかっていく。
――うおおん。
吠えているのは、さきほどの野良犬だろうか。
月の櫛が折れたことを憐れんでいるのだろう。
「捨てよう」
澱《おり》となってわだかまった過去を捨てようと、串部は胸に強く誓った。

串部は公儀毒味役を拝命する矢背家の用人である。

矢背家は役料と家禄を合わせても、五百俵に足りなかった。貧乏旗本だけあって、串部の給金も年に四両二分と少ない。住みこみなので食いつめる恐れはないが、丸九年も仕えてきたことが自分でも不思議だった。

不満はひとつもなく、矢背家の人々を心の底から好いている。

おそらく、それが長つづきの理由だろう。

なかでも、当主の蔵人介にたいしては、好き嫌いを通りこし、崇敬の念すら抱いていた。

――毒を啖《くろ》うて死なば本望と心得よ。

毒味役は心を鬼にし、死を賭《と》して役にのぞまねばならぬ。それゆえ、鬼役とも称されている。長くても三年で交替するその鬼役を、蔵人介は二十五年余りもつづけていた。

しかも、難役をこなすだけではない。御小姓組番頭《おこしょうぐみばんがしら》の密命を帯び、悪辣《あくらつ》非道な幕臣たちを成敗《せいばい》する暗殺御用をおこなっている。串部は裏の御用を知る立場にあり、蔵人介から探索の役目を仰せつかっていた。それこそが矢背家の呪縛《じゅばく》から逃れられぬ大きな理由にほかならない。

九年前まで、串部は次期老中と目されていた長久保加賀守《ながくぼかがのかみ》の「飼い犬」だった。そのときから、さらに遡《さかのぼ》ること四年前、失意の身で浪人暮らしをしていたとき、汚れ役を探していた加賀守に拾われたのだ。

当時若年寄《わかどしより》だった加賀守は、青山家の出入旗本でもあった。串部はまだ青山家の家士だったころ、小石川春日町《こいしかわかすがちょう》の江戸藩邸で上覧仕合にのぞんだことがあった。得手《えて》とする臑斬《すねぎ》りを封印せず、勝ち抜き戦の勝者となった。介者《かいしゃ》剣術の臑斬りは邪道と目されており、藩の連中からは顰蹙《ひんしゅく》を買ったものの、偶《たま》さか上覧していた加賀守だけは違う目でみていた。

使えるやつだと直感したのだろう。藩を捨て、二年の浪人暮らしを送ったのちに拾ってもらったときは、このうえない喜びを感じた。何せ、相手は幕政をおもいのままにできる若年寄である。目を掛けてもらったことで有頂天になり、命じられるがままに人を斬った。

事の善悪も判断できず、子飼いの人斬りに堕《お》ちたのだ。

高額の報酬と引き換えに政敵を闇討ちにし、御用達の商人にも引導を渡した。人を斬る理由など問うたこともない。善悪を判断する必要もなかった。今からおもえば、密命を果たすことに生き甲斐すら感じていた。

身分も金も得たが、一方では、いつも心に痛みを抱えていたような気もする。

居たたまれないおもいが募ったころ、鬼役の矢背蔵人介を見張れという密命が下った。矢背家の用人として雇われたが、それは表向きのことで、まんがいちにも蔵人介が裏切ったら命を奪えと厳命された。

蔵人介は無口で無愛想な人物だった。

出会った当初は良い印象を受けなかったが、強く惹かれるものはあった。

人斬り特有の血の臭いを放ちながらも、堂々と胸を張って超然としていた。

自分との大きなちがいは、正義に殉じる覚悟を携えているかどうかということだ。

もちろん、長久保加賀守は、蔵人介にとっても逆らうことのできない相手だった。

ところが、加賀守の不正が発覚するや、蔵人介は信念をまげずに成敗してみせた。

そんなことができる者はいない。相手は権力の中枢に鎮座する若年寄である。正義を貫きとおすことなど、常人にはできない。串部は強烈に感情を揺さぶられ、蔵人介のためなら命もいらぬとおもうようになった。

爾来《じらい》、矢背家の用人でありつづけている。

当初は見張役として寄こされたにもかかわらず、ふたつとない安住の地をみつけてしまったのだ。

葉月《はづき》十三日、今日は恒例の萩《はぎ》見物、矢背家の面々は総出で柳島村《やなぎしま》の龍眼寺《りゅうげんじ》へやってきた。

観世音菩薩《かんぜおん》を奉じる龍眼寺は、今から四百年以上もむかしに建立《こんりゅう》された天台宗《てんだい》の古刹《こさつ》だ。もとは別の名だったが、寺の湧き水で洗うと目によいと評判になり、龍眼寺と改名された。元禄《げんろく》のころ、萩好きの住職が百種類もの萩を諸国から集めて境内に植えたことから、萩寺として多くの遊山《ゆさん》客が訪れるようになったという。

萩は彼岸過ぎが見頃なので、まだ咲きそろってはいない。

それでも、山門をめざす客の数は多かった。

陽気もよいので、矢背家の女たちは嬉しそうだ。

蔵人介の養母である志乃や妻女の幸恵は久しぶりの遊山ということもあり、余所《よそ》行きの着物を纏っている。

串部の目は、幸恵の髪に挿《さ》された櫛に吸いよせられた。

「気になるのか」

と、蔵人介が問うてくる。

「あれはな、幸恵が嫁いできたときに買ったものだ。池之端《いけのはた》の『蜻蛉屋《とんぼ》』という小問物屋でな。清水《きよみず》の舞台から飛びおりた気分だったぞ」

幸恵が振りむき、恥じらうように微笑んだ。

「もったいなくて、いつもは挿しておりませぬ」

幸恵にとって、今日は特別な日にちがいない。

山門を潜ると、苔生《こけむ》した庚申《こうしん》塔が出迎えてくれた。

「風情があるな」

松尾芭蕉《まつおばしょう》の句を刻んだ石碑もみえる。

「濡れてゆく人もおかしや雨の萩。なにやら、空が曇ってきたような」

蔵人介の案ずるとおり、黒雲がにわかにあらわれ、天空を怪鳥《けちょう》のように覆っていく。

それでも、女と子どもたちは気に掛けず、萩の群棲するほうへと向かっていった。

蔵人介が意味ありげに笑い、声を掛けてくる。

「どうだ、近頃は」

「はあ」

「この時季になると、おぬしはいつもそわそわしだす。心ここにあらずといった風情でな。末のことを案じておるのか」

「えっ」

「そろそろ身を固めてはどうかと、養母上もつぶやいておられたぞ」

「大奥さまが、さようなことを」

「おぬしのことを案じておるのだ。いつまでも安い給金で縛りつけておくわけにもいかぬとな」

串部は、ぎょろ目を剝いた。

「それは、出ていけということでござりますか」

「莫迦者、逆だ。おぬしには、ずっと仕えてほしい。そのためには、多少でも給金をあげてやらねばならぬ。そうでなければ、所帯も持てぬであろうからな。養母上は給金を少しでもあげる手だてを考えておられるのさ」

「ふっ、余計なことを」

「おぬしが独り身であることを、みなで案じておるのだぞ。意中の相手がいないわけではあるまい」

蔵人介は意地悪げに言い、顔を近づけてくる。

「のう、串部」

「はあ」

「おふくには、もう告げたのか」

「いいえ」

「なぜだ。なぜ、決心できぬ」

消せない過去にこだわっているからだ。

串部は俯《うつむ》き、蔵人介の眼差しを避けた。

懐中に仕舞った割れた櫛を握りしめる。

「おふたりさん、こちらに早咲きの萩がござりますよ。早くいらっしゃい」

志乃が織部《おりべ》灯籠の脇に立ち、余所《よそ》行きの小紋の袂《たもと》を振っている。

のっそり動いた蔵人介につづき、串部は重い足を引きずった。


萩見物のあと、串部は何の気無しに池之端を散策してみた。

ところが、蔵人介の言った『蜻蛉屋』をみつけることはできなかった。

何年もむかしのことなので、店は無くなってしまったのかもしれない。

仕方なくあきらめて、水茶屋が軒を並べる下谷広小路《したやひろこうじ》へ足を向けてみた。

大路をぶらぶらしながら秋風に身を委ねていると、人恋しくなってくる。

頭に浮かんできたのは、餅のようにふっくらした色白の顔だ。

「おふく」

芳町の一膳飯屋へ通いはじめて、十年余りが経つ。

ひと目で惚れた初々《ういうい》しい心持ちは衰えるどころか、日増しに募っていくようだ。

おふくは、薄幸な女だった。甲斐性のない親の都合で苦界《くがい》に売られ、吉原《よしわら》の花魁《おいらん》となって大見世で妍《けん》を競った。にわか成金の商人に身請けされて妾《めかけ》になったが、その商人が御禁制の品を扱って闕所《けっしょ》処分となり、捨てられたか捨てたかしたあとは、裸一貫から一膳飯屋をやりはじめた。

幸運にも今は常連で賑わう繁盛店になったが、串部が通いはじめたころは閑古鳥《かんこどり》が鳴いていた。

それでもめげず、必死に頑張りつづけるすがたに魅了されたのだ。

おふくを妻にしたい。

いつのころからか、そんな夢を描きはじめた。

だが、自分には甲斐性がなさすぎる。

生まれつき金と縁がないのはわかっているので、女ひとりを幸せにできる自信はなかった。

「所詮は金だ」

金を欲すれば、心が荒《すさ》むことはわかっている。
かつての自分がそうだった。
報酬を得たいがために、見知らぬ相手を斬ったこともある。
蔵人介にも告げられぬ、苦い思い出だ。
臑斬りを本旨《ほんし》とする柳剛流《りゅうごう》の師には、理由無く刀を抜いてはならぬと諭された。
人を斬れば、死ぬまで業《ごう》を背負わねばならぬ。
それがわかっていながら、師の戒めを破り、人を何人も斬った。
「くそっ」
串部は渋い顔で、神田川《かんだ》の縁までつづく大路を進んでいった。
雑貨を売る床店が並ぶなかに、小間物を扱う大店《おおだな》もある。
ふと、足を止めた。
屋根看板に『蜻蛉屋』とある。
「もしや、ここか」
池之端から移ってきたのかもしれない。
心が躍った。
急ぎ足で近づいてみると、店先に櫛がいくつも飾ってある。

蒔絵《まきえ》で装飾された月の櫛に目が吸いよせられた。

「おや、お目が高い」

暗がりから、主人らしき初老の男が笑いかけてくる。

「その櫛は羊遊斎《ようゆうさい》にござります。お手にとって、じっくりご覧くだされ」

「よいのか」

「へえ、よろしゅうござりますよ」

平地に描かれた図柄は萩だ。蝶のような花が紅く色づいている。

「今がちょうど旬。くふふ、可憐な蒔絵の返し紋にござりましょう」

「おぬし、この店の主人か」

「申し遅れました。手前は蜻蛉屋三代目の庄吉《しょうきち》と申します」

「三代目」

「へえ、以前は池之端に店を構えておりました」

やはり、蔵人介の言っていた『蜻蛉屋』にまちがいない。

主人の言う「返し紋」とは、櫛の表と裏、さらには峰の部分を使って繋げた図柄のことだ。表と裏に描かれた萩は枝を自在に伸ばし、一対をなしており、背景は黒漆の地に金銀の蒔絵で渦巻きを描いた意匠になっている。

なるほど、萩の枝端には「羊遊斎」の号が彫られてあった。

蒔絵に疎《うと》い串部でも、原《はら》羊遊斎という名だけは知っている。印籠《いんろう》や根付《ねつけ》なども手懸ける当代一の蒔絵師にほかならない。

主人の庄吉は、息が掛かるほどそばに寄ってきた。

「お武家さまは、所帯じみた匂いがいたしませせぬ。これから所帯をお持ちになるおつもりならば、是非とも櫛をお求めになられませ。櫛のくは苦労のく、しは辛抱のし。ともに辛苦《しんく》を分かちあい、生涯の伴侶として添いとげてほしい。そうした願いを込めて、妻にしたいおなごに贈る。櫛を贈る行為は、特別な意味を持つのでございます。これなる月の櫛を贈られたおなごは、さぞかし嬉しゅうございましょう」

「たしかに、嬉しいであろうな」

「かならずや、お武家さまの熱意が伝わりましょう。なにせ、羊遊斎の櫛にございますゆえ」

言い分を聞いていると、買わねばなるまいという気持ちになってくる。

「して、いかほどなのであろうか」

恐る恐る尋ねてみると、主人は待っていたかのように満面の笑みをつくった。

「五両にございます」

「ぬげっ」

矢背家から頂戴している一年分の給金よりも高い。

串部の顔から、さあっと血の気が引いていった。

主人が、さらに身を寄せてくる。

「もう少し、お安い品もございますが」

「いいや、けっこうだ」

羊遊斎の櫛でなければ意味はない。

「やはり、さようでしょうな。かしこまりました。されば、三日」

そう言って、主人の庄吉はずんぐりした指を三本立てる。

「今日を入れて三日だけ、お取りおきいたしましょう」

甘い囁きに、おふくの笑顔がかさなった。

串部はうなずき、ぶっきらぼうに「頼む」とだけ告げ、その場を去った。

後ろ髪を引かれるようなおもいだった。

取りおきしてもらう約束を交わすことくらい、何ということもない。

どうせ、買わぬ。買えぬのだ。

買えぬとわかっていても、意地を張りたくなるときはある。

ふと、刀を質に入れようかとも考えた。

腰の同田貫《どうたぬき》は折紙付きだ。

が、五両にはなるまい。

なにせ、人の血を吸いすぎている。

「口惜しいな」

串部は明樽を蹴った。

そこへ、風体の怪しい男が近づいてくる。

「旦那、富籤《とみくじ》はいかがでやすか。一攫千金《いっかくせんきん》も夢じゃござんせんよ」

いつもなら聞き流す台詞だが、串部は足を止めた。

「おっ、買いやすかい」

「当たるという保証があるならな」

「へへ、ちげえねえ。当たるってわかってりゃ、あっしだってこんなことはしておりやせんよ。でもね、旦那、世の中にゃ、裏ってのがある」

「裏」

「へい、さいでやす。富籤にも裏があるってはなし、お聞きになったことはありやせんか」

なくはない。賭け事にはすべて、裏にからくりが潜んでいる。

「からくりを知るひとりが得をして、残りのやつらは損をする。札を入れた大箱の脇にね、膠で当たり札をくっつけておくんでやすよ。そいつを掛かりの坊主が柄の長い錐《きり》で狙って、串刺しにするんでさあ。もちろん、全部突いちまったら怪しまれるから、十度に一度だけ、脇っちょの札を突くんでやすよ」

「十度に一度」

「へい。十度に一度はかならず当たる仕込み札ってなわけで。ただし、そいつがどの当たり札かはわからねえ。ここにある十枚のうちの一枚なんでやすがね」

そう言って、男は紙切れをみせる。

御法度《ごはっと》の影富《かげとみ》というやつだ。

「どうでやすか。十枚まとめて買えば、かならず一枚は当たる。乗らぬ手はないはなしでやしょう」

「おぬしはなぜ、通りすがりのわしに声を掛けたのだ。なぜ、そんな怪しげな儲け話をして聞かせるのか、理由が知りたいものだな」

「お見受けしたところ、旦那は何か悩んでおられるようだ。あっしは悩んでいるお方をみると、放っておけなくなるんでやすよ」

騙されていると察しつつも、串部は問うてみた。

「つぎの富籤興行はいつだ」

「じつは明日、目黒《めぐろ》のお不動さんでござりやす」

「ならば明夕、ここに当たり札を持ってこい」

「旦那。札じゃなくて、儲けたぶんの大金をお持ちしやすよ」

「十枚でいくらだ」

「へい、一分でけっこうでやす」

「高いな」

「こっちも命懸けなもんでね。何せ、御法度の仕込み札でやすよ」

串部は清水の舞台から飛びおりた気分で、なけなしの一分金を手渡した。


翌夕、串部は下谷広小路まで足を運んだ。

ひと晩眠って起きたら気づいた。やはり、騙されたとしか考えられない。

どうして、偽《いつわり》の話に金を払ってしまったのか。自分でもよくわからなかった。

それでも、わずかな望みを抱いて待ったが、予想どおり、影富を売りつけた男があらわれる気配はない。

「くそったれめ」

あきらめて唾を吐き、のっそり動きだす。

それを待ちかまえていたように、人影がひとつ近づいてきた。

「旦那、ひょっとして騙されたね」

頬に刀傷のある強面の男が、口端を吊って笑う。

串部は三白眼《さんぱくがん》に睨みつけた。

「ん、何のはなしだ」

「とぼけなさんなって。弥六《やろく》に外れ籤を買わされたんでやしょう」

「くそっ、おぬしも仲間か」

刀の柄に手を添えると、男は発条《バネ》のように弾けた。

「おっと、気の短《みじけ》え御仁だな。おれは弥六なんぞの仲間じゃねえ。あんなちんけな野郎と、いっしょにしてほしかねえな」

男は地廻りの手下で、利介《りすけ》というらしい。

「この界隈じゃ、ちったあ知られた顔でさあ。へへ、旦那にちょっとした稼ぎ口を教えてやろうとおもってね、嫌なら、ほかを当たりやすぜ。ほんでも、五両にはなるうめえはなしだ。断る手はねえとおもいやすがね」

ぐらりと、気持ちが動いた。
五両あれば、羊遊斎の櫛を買える。
「ご興味がおありなら、今宵亥ノ刻、神田川の新《あたら》シ橋《ばし》へお越しなせえ」
利介はすっと近づき、袖口に触れてから消えた。
袖のなかを確かめてみると、小判が一枚入れてある。
前渡し金のつもりだろうか。
行くまいと、串部は胸につぶやいた。
どうせまた、騙されるにきまっている。
ところが、小判のやつが「行かぬ気か」と囁きかけてきた。
たしかに、懐中の淋しさは如何《いかん》ともし難い。
――ごおん。
暮れ六つを報せる鐘の音が虚しく響いている。
新シ橋は、墨で欄干を黒く塗った橋のことだ。
とりあえずは町木戸が閉まる刻限まで、両国《りょうごく》あたりの安酒場で呑むとしよう。
行くか行くまいか、呑みながらじっくり考える猶予はある。
串部は下谷広小路の外れから花房町《はなぶさちょう》へ出て、神田川の土手沿いにのんびり歩きはじめた。

新シ橋は闇と一体になり、渡ろうとする者を躊躇《ちゅうちょ》させる。

さほど長くもない木橋が墨で塗られた理由を、串部が知るはずもなかった。

刻限どおりに来てみると、両国寄りの橋のたもとに鋭い目が光っている。

「こっちだ。早く来い」

手招きで誘う男は、五分月代《ごぶさかやき》の薄汚い浪人だった。

串部を値踏みするように眺め、偉そうな口をきく。

「おぬしか。利介に寄こされたのは」

「ああ」

「わしは岡崎安右衛門《おかざきやすえもん》だ。おぬしは」

「串部六郎太」

「肝心なときに尻尾を丸めて逃げだす。なんてことは、あるまいな」

「いったい、何をする」

「聞いておらぬのか」

岡崎は呆れた顔でつづけた。

「ふたりで十両になる仕事だぞ。想像くらいはできるだろう」

「いいや」

「なら、教えてやる。人斬りだよ」

「冗談だろう」

「冗談ではない。斬る相手は優男《やさおとこ》だ。たまさか富籤を当てて大金を摑んだ。その金を餌にして、他人さまの情婦《いろ》にちょっかいを出した」

ところが、手を出した相手が悪かった。

「女は泣く子も黙る布袋《ほてい》屋の情婦でな、火遊びと引き換えに命を縮めることになったってわけさ」

「布袋屋というのは、利介の親分か」

「そうだ。わしも布袋屋杢兵衛《もくべえ》の世話になっておる」

どうやら、用心棒として雇われているらしい。

それにしても、人ひとりの値が十両とは、あまりに安すぎる。

布袋屋杢兵衛という地廻りの強欲面が浮かんでくるようだった。

「優男の名は庄次郎《しょうじろう》というらしい。もっとも、おぼえる必要のない名だがな」

岡崎はみずからを納得させるように言い、刀の柄を叩いてみせる。

物腰から推して、たいした力量ではあるまい。
もしかすると、人を斬ったことがないのではないかと、串部は疑った。
しばらく待っていると、橋の向こうから、千鳥足《ちどりあし》の人影がやってくる。
「来たぞ。あいつだ」
岡崎は立ちあがると、肩で風を切るように歩きだす。
仕方なく、串部は追いかけた。
どう考えても、庄次郎という男を斬る理由がみつからない。
情婦を寝取られた腹いせに命を獲《と》る。そんなことが許されるのだろうか。
しかも、どこの馬の骨とも知れぬ侍を雇い、金で殺しを請けおわせる。
そんな布袋屋の性根が気に食わない。
橋の中央に差しかかった。
先を行く岡崎が足を止め、対峙する人影に声を掛ける。
「おい、おまえ。庄次郎か」
すると、庄次郎らしき男は意外な反応をみせた。
「てやんでえ、ただじゃ殺《や》られねえぞ」
口から唾を飛ばし、懐中に呑んだ匕首《あいくち》を抜いたのだ。

匕首を逆手に持ちかえ、頭から突っこんでくる。

「うわっ」

岡崎は袖を裂かれ、どしんと尻餅をついた。

庄次郎は匕首を掲げ、こちらを睨みつける。

狂犬の目だ。

「やれやれ」

串部は溜息を吐いた。

「ぬおっ」

庄次郎が裾を捲《まく》り、頭から突きかかってくる。

串部はひらりと躱《かわ》し、右腕を搦《から》めとった。

匕首が足許に転がる。

肘をきめて捻りあげるや、庄次郎は悲鳴をあげた。

「ひっ……い、痛《いて》え……や、やめてくれ」

「長生きしたかったら、他人の情婦に手を出すな」

「……わ、わかった。わかったから、放してくれ」

「いいや。おぬしはわかっておらぬ。明日になれば、たぶん、忘れるにちがいない。

忘れぬためには、こうするしかあるまい。ふん」

　串部は力を込める。

　――ぼきっ。

　粗朶《そだ》のように腕の骨が折れた。

「……ぎ、ぎゃああ」

　庄次郎は激痛に耐えかね、地べたに転げまわった。

「ざまあみろ」

　岡崎が唾を吐き、けしかけてくる。

「串部氏、早くやれ。そやつを斬らぬと、金を貰えぬぞ」

「うるさい、黙ってろ。おぬしも、ああなりたいのか」

　串部の剣幕に気圧《けお》され、岡崎は押し黙った。

　庄次郎は気を失っている。

　もはや、こんなところに用はない。

　やはり、足を運んだのがまちがいだった。

　袂にある一両ぶんの仕事はせねばならぬとおもったのだ。

「岡崎とやら、間男《まおとこ》を殺ったら、おぬしはまちがいなく地獄に堕ちるぞ」

仕舞いにひとこと脅しあげ、串部は岡崎の足許に小判を抛《ほう》った。

取りおきしてもらう約束の三日目になり、串部は下谷広小路の『蜻蛉屋』まで足を運んだ。

羊遊斎の櫛は買えぬと断りを入れるためだ。

主人の庄吉は忘れかけていたようで、串部の義理堅さにかえって驚いてみせる。

「わざわざお越しいただくとは、おもってもみませんでした。ずいぶんと、律儀なおひとであられますなあ」

いざ断ってみると、心の底から口惜しさが湧いてきた。

しかし、金がなければ仕方ない。

虚しい気分で大路を花房町《はなぶさちょう》のほうへ戻ってくると、道端から男たちの怒声が聞こえてくる。

「この野郎、誰に断って商売していやがる」

野次馬の人集《だか》りもできつつあった。

事情を知る棒手振《ぼてふ》りに聞いてみると、老いた香具師が地廻りの連中に難癖をつけられているという。

串部は人垣を掻きわけ、輪の前面に躍りでた。

強面の連中が五、六人で、老いた香具師に撲《なぐ》る蹴るの暴行をくわえている。

野次馬はとばっちりを受けたくないので、誰ひとり割ってはいろうとしない。

「ちっ」

串部は舌打ちをかまし、ずいっと踏みだした。

「あっ、おぬしらは」

暴行をくわえる連中のなかに、知った顔がふたつある。

外れ籤を売りつけた弥六と、端金《はしたかね》で人殺しをやらせようとした利介だ。

どうやら、ふたりは仲間だったらしい。

最初から串部を騙すつもりで籤を売りつけ、人殺しに仕立てようと知恵をはたらかせたのだ。

怒りに火が点《つ》いた。

「待て」

串部は声を荒らげ、強面連中のあいだに割ってはいる。

「何だ、てめえは」

刃向かってきた者の腕を捻りあげ、易々《やすやす》と転がしてやった。

「うえっ……お、おめえさんは」

弥六がこちらに気づく。

串部は有無を言わせず、弥六の襟首を摑んで引きよせた。

「おぬし、よくもわしを騙してくれたな」

「ひぇっ」

弥六は腰を抜かし、その場にへたりこむ。

頰に刀傷のある利介が叫んだ。

「先生、出番ですぜ」

呼ばれてあらわれた用心棒は、へっぴり腰の岡崎安右衛門だ。

串部は無精髭の生えた顎を撫でまわし、にやりと笑った。

「ひぇっ」

岡崎は棒を吞んだような顔をする。

蛇に睨まれた蛙も同然だった。

串部の強さを知っているので、けしかけられても刀を抜こうとしない。

「利介、すまぬ。ここはわしの出る幕ではない」

くるっと踵《きびす》を返し、野次馬のなかへ紛れてしまう。

「おいおい、待ってくれ。そりゃねえだろう」

利介たちは納得のいかない様子で、口々に悪態を吐《つ》いた。

かといって、掛かってくる根性もない。

「去れ」

串部が一喝すると、脱兎《だっと》の如くいなくなった。

「おっと、おぬしは返さぬぞ」

這《は》うように逃げようとする弥六の首根っこを摑んだ。

「ひっ」

「騙しとった一分金、返してもらおう」

「……そ、それだけで、いいんですかい」

弥六は一分金を串部に手渡すと、尻をみせて逃げていく。

助けられた香具師は平伏して礼を言い、見物人のなかからは嵐のような歓声が沸いた。拍手をする野次馬のなかには、さきほど会話を交わした『蜻蛉屋』の主人も交じっている。

串部はそれと気づいたが、恥ずかしそうに背を向けた。

露地の垣根に朝顔が咲いている。

十五夜の月見も終わって、秋は一段と深まったように感じられた。

主人の蔵人介が宿直《とのい》のときは、暇《ひま》を託《かこ》つことが多い。

串部は朝早くから市ヶ谷御納戸町の矢背家を抜けだし、浄瑠璃《じょうるり》坂を下って市ヶ谷御門へ向かった。

御門を通りぬければ、迷路のような番町《ばんちょう》となる。

西から東へ延びる三番町通りをひたすら進めば、右手に聳《そび》える千代田城が目に迫ってきた。穴太《あのう》積みの石垣を眺めつつ、深い内濠を覗き、厳《いか》めしげな田安《たやす》御門を背にしながら駿河台《するがだい》の武家地へ踏みこむ。

濠端に広がる火避地《ひよけち》は護持院《ごじいん》ヶ原と呼ぶ物盗りの出没するところだが、陽の高いうちは閑寂《かんじゃく》としたものだ。

串部は錦小路を横切ってさらに東へ進み、神田三河町《みかわちょう》の狭い露地へ踏みこんだ。鍋町《なべちょう》のさきで東海道を横切り、松田町《まつだちょう》から三島町《みしまちょう》へと過ぎていく。

旗本屋敷の集まった辺りを避けて藍染《あいぞめ》川のほうへ向かい、川沿いにしばらく進むと、北側に目処とするお玉《たま》が池《いけ》がみえてきた。

池といっても水は無い。

痕跡だけがのこる窪地のそばに、柳剛流を標榜する直井《なおい》道場がある。

七日に一度は道場を訪れ、たっぷり汗を掻くことにしていた。

串部の力量は抜きんでており、道場主の直井から「師範代にならぬか」と誘われたこともある。「その器ではない」と即座に断ったが、門弟に請われれば技を教えることもあった。それがよい息抜きにもなる。ゆえに、道場通いは欠かせない。

そもそも、薦めてくれたのは蔵人介だった。

「おぬしは血の気が多いから、道場で暴れたらいい」と、冗談半分に言ってくれた。

道場の門を潜ると、門弟たちの元気な掛け声が聞こえてくる。

身が引き締まり、すっと背筋が伸びた。

玄関口で見知った顔に黙礼され、厳粛な顔でうなずき返す。

串部は草履を脱ぎ、道場の片隅で素早く仕度を整えた。

ほかの道場とちがう点は、頑強な臑当てを装着するところだ。

もちろん、臑だけを打ちあうのではないが、臑に意識の重点を置くところに柳剛流の特徴がある。

「されば、まいろう」

串部は竹刀を持ち、さっそく立ち稽古にのぞんだ。

門弟数人を選び、やつぎばやに打ってこさせる。

「ぬりゃっ」

「とあっ」

気合いとともに汗がほとばしり、鈍《なま》ったからだに活力が呼びさまされる。

串部は水を得た魚のように、生き生きと躍動しはじめた。

しばらく稽古をつづけ、気息を整えるための小休止にはいる。

道場の片隅に正座したところへ、門弟のひとりがやってきた。

「串部さま、門前にお訪ねの方がお待ちです」

「えっ」

予期せぬことに驚いたが、とりあえずは大小を腰に差し、道場から抜けだす。

警戒しながら門の外へ出てみたが、来訪した者の影はない。

串部は左右をみつめ、通って来た道を戻りはじめた。

どんつきには藍染川が流れており、道は右手に折れている。

川の手前で足を止め、人の気配を窺った。

誰かが隠れている。

足を忍ばせて進み、ひょいと右手に曲がった。

「うわっ」

声をあげたのは、暗がりに潜んでいた相手のほうだ。

よくみれば右腕を布で包み、首からぶらさげている。

「ん、おぬしは」

「……しょ、庄次郎にございます」

新シ橋で待ちぶせし、右腕を折ってやった間男にまちがいない。

腕を折られた恨みを晴らすために、わざわざやってきたのだろうか。

それにしては、情けない面だ。

「何か用か」

串部は、怖い顔で吐きすてた。

すると、優男の後ろから、別の人影があらわれた。

「お世話になっております」

深々と頭を下げる初老の男は、下谷広小路に店を構える蜻蛉屋の主人にほかならなかった。

串部は、きょとんとした。

「お武家さま、御納戸町の御屋敷をお訪ねしたら、たぶん、こちらだろうとお聞きしたものですから、図々しいとおもいながらも足を運んでしまいました」

「ふむ、それで」

「庄次郎めが、大変お世話になりました」

「えっ」

「驚かれるのも無理はござりませぬ。この莫迦たれは、手前が勘当した一人息子なのでござります」

「そ、そうだったのか」

「新シ橋での経緯《いきさつ》を、こやつの口から聞きました。利き腕を折っていただいたことで、庄次郎は目が醒めたのでござります。性根を入れかえて商いを学ぶと、こやつは約束してくれました。一年だけ様子を眺め、ものになるようなら勘当を解こうとおもっております。それもこれも、すべてはお武家さまのおかげにござります」

「困ったな」

串部は戸惑った。

「わしは何もやっておらぬ。改心するのは自分の意志だ」

「さすが、遠慮深いことを仰る。ともあれ、何かお礼をさしあげねば、蜻蛉屋庄吉の気が済みませぬ。そこで、いろいろ考えてみましたところ、これならば貰っていただけるのではないかと」

主人は袖口に手を入れ、月の櫛を差しだした。

「そ、それは」

「いかにも、羊遊斎にございます」

ぐらりと、心が動かされる。

だが、ここは我慢だ。

串部は声をひっくり返した。

「さような貴重な品物、頂戴するわけにはまいらぬ」

「それならば」

主人は身を乗りだし、意志の籠もった目を向けてきた。

「お売りさせてはいただけませぬか」

串部は首を振った。

「無理だ。五両もの金はない」

「お待ちを。誰が五両でお売りすると申しましたか。庄次郎の性根を治していただいた治療代を差っ引いて、一分でいかがでござりましょう」

主人はすっと身を離し、にっこり笑いかけてくる。

その顔が串部には、暗闇で光を放つ阿弥陀如来にみえた。

故郷の郡上八幡では文月《ふづき》から長月《ながつき》にかけての三十夜、侍も百姓もすべての人々が「郡上踊り」に興じる。

これは百姓一揆によって前の領主が追放されたあと、荒廃した郡上八幡の新たな領主となった青山家の当主が反目する領民たちの融和をはかるべく、幸福な暮らしを願ってはじめた祭りであった。

なかでも、葉月なかばの四日間は徹夜で踊りあかす。

この風習は江戸にも根付いており、青山家の菩提寺である梅窓院《ばいそういん》に足を運べば、誰でも踊りの輪にはいることができた。

串部は故郷を捨てて以来、この季節に梅窓院へ近づいたことがない。

苦い過去をおもいだしてしまうからだ。

ところが、蛸屋から櫛を買った夜、串部の足は梅窓院へ向かっていた。

過去に踏んぎりをつける決心がようやくついたのだ。

寺へ近づいてみると、お囃子《はやし》の音色が賑やかに聞こえてくる。

山門を抜けると昼のように煌々《こうこう》と灯《ひ》がともり、灯籠が点々とつづく参道や境内いっぱいに、艶《あで》やかに踊る男女のすがたを目にすることができた。

侍もいれば、百姓や町人もいる。

身分の差も老若男女の別もない。

すべての人々が遠く故郷におもいを馳せながら、嬉々として踊っている。

笛や太鼓の音に合わせて、自然と手足が動いてきた。

串部も踊りの輪にはいり、上手に踊りだす。

幼いころから身についた踊りは忘れるものではない。

しばらくすると、お囃子が耳から遠ざかり、故郷の懐かしい景色が甘酸っぱい郷愁とともに蘇ってくる。吉田川《よしだ》で魚を捕ったり泳いだりしたことや、里山を駆けめぐった日の思い出が、走馬燈のように流れはじめた。

やがて、踊りにも疲れたころ、懐かしい顔が近づいてきた。

「もしや、六郎太ではあるまいか」

袴田五郎左衛門《はかまだごろうざえもん》だ。

幼馴染みでもあり、剣友でもある。

ずいぶん顔に皺は増えたが、まちがいあるまい。

「五郎左《ごろうざ》か」

「そうにきまっておろう。ふふ、何年ぶりかのう」

「十五年だ」

「おう、そうじゃ。おぬしは死んだものとあきらめておったぞ」

おたがいに肩を叩きあい、旧交を温める。

踊りの輪から外れ、ふたりは只酒をふるまう露店にやってきた。

「よう戻ってきてくれたな。おぬしが戻ってくることを、わしは信じておったぞ」

袴田はぐい呑みを干し、涙ぐんでしまう。

「わしはおぬしが不憫《ふびん》でならぬ。悪いのは元の男に靡《なび》いた若妻じゃ。間男を斬って妻敵《めがたき》討ちを果たしたおぬしに落ち度はない。何ひとつ責められる謂《いわ》れはないにもかかわらず、心無い連中はおぬしを悪く言った」

悪口を言われた理由のひとつは、命を助けた新妻が舌を嚙んで死んだことにある。妻を斬らずに中途半端な情けをかけた。そのことが武士らしくないと批判された。だが、根っこのところには妻敵討ちへの蔑《さげす》みがあった。

上役も同僚も親しくもない連中もみな、妻を寝取られた夫の不甲斐なさを詰《なじ》った。

不甲斐ないと、自分でもおもった。

嫁に迎えた相手が別の男を慕っていたことに気づけなかった。

知っていたら縁談をすすめることもなかったのに、妻はそうした素振りすらみせず、未練を抱いていた男と逢瀬《おうせ》を重ねていた。

告白されたわけではない。誰かに告げ口をされてわかったのだ。

怒りで頭が真っ白になり、大小を摑んで逢瀬の場へ向かった。

そして、有無を言わせず、相手の男を斬った。

血に染まった手が震え、妻を手に掛けることはできなかった。

その隙に、妻は舌を嚙んで果てた。

失意のどん底へ突きおとされ、悔恨《かいこん》だけがのこった。

怒りにまかせて人を斬ってはならぬ。どんな相手でも許す寛容さが必要だ。

剣の師のことばを嚙みしめたのは、事をなしたあとだった。

串部はおのれへの戒めとして、新妻に贈った月の櫛を手に取った。

けっして、妻のことが忘れられないのではない。面影はとうのむかしに消えうせた。いずれ時が来たら、妻に贈った櫛を捨て、禍々しい過去に決着をつけたいと考えていた。

その機会が、ようやく訪れたのかもしれない。

袴田は酒を吞み、泣きながら喋りつづけている。

「惨めなおぬしを笑う者は多かった。わしは口惜しゅうてな。おぬしは藩随一の剣客じゃった。しかも、わしにとっては唯一無二の友だ。あんなことで、おぬしを失いたくはなかった。いずれ、酒を酌みかわす日が来ることを夢みておったのじゃ。無論、おぬしの気持ちは痛いほどわかる。わしとて妻を寝取られたら、同じことをした。妻敵討ちをやり、藩を捨て、故郷を捨てるしかなかったであろう。それがわかるだけに、口惜しかったのだ」

「ああ、わかった。もう泣くな」

友の流す涙が嬉しかった。

温かいことばに胸を締めつけられた。

串部は大いに呑み、明け方になるまで踊りつづけた。

半分に割れた月の櫛は捨てた。

過去も捨て、新たな一歩を踏みだす用意は整った。

あとは勇気を出して、おのれの恋情を告白できるかどうかだ。

串部は袂に仕舞った月の櫛を握りしめた。

何の因果《いんが》か、放蕩《ほうとう》息子の腕を折って手に入れた羊遊斎だ。

「くそっ」

握りしめる掌が汗ばんでいる。

それでも重い足を運び、芳町の辻口までやってきた。

野良犬が鬼門を守る門番のように、こちらをじっとみつめている。

「また、おぬしか」

行く手を阻まれ、足が一歩も出なくなった。

やはり、無理だ。

串部は迷ったあげく、踵を返した。

来た道を、とぼとぼ戻りはじめる。

すると、貝杓子店のほうから、細長い人影が近づいてきた。

「あっ」

蔵人介であった。

「よう、串部。何をやっておる。行かぬつもりか」

「えっ」

「月の櫛を渡さずともよいのか」

串部は驚いた。

「なぜ、櫛のことを」

「幸恵に聞いたのだ。使いものでで、たまさか『蜻蛉屋』へ出向いてな、羊遊斎の櫛に目を止めたらしい。ところが、店の主人に謝られた。『じつは先客がいる。今はお譲りできぬ。二日後に来てもらえばお売りできるかもしれない』とな」

幸恵は二日後に足を運んだという。

肝心の売り値を聞き忘れていたからだ。

主人の庄吉に聞いてみると、月の櫛は売れたあとだった。

一分で売ったと応じたので、幸恵は不思議におもって経緯を聞いた。

すると、串部の名が出たという。

「おぬし、老いた香具師を助けてやったらしいな。その様子を眺めていた蜻蛉屋の主人が、おぬしの素姓をどうしても知りたくなったそうだ」

庄吉はその場から逃げだした偽籤売りの弥六を捕まえ、串部のことを根掘り葉掘り聞きだしたという。弥六のはなしから、串部が新シ橋で庄次郎の腕を折った張本人だとわかった。御納戸町にある矢背家の用人であることは、ほかで調べさせたらしかった。

「おもしろい縁もあるものだ。蜻蛉屋から買った櫛をどうするか、いささか興味があってな」

　蔵人介らしくもない、余計な詮索だ。

「何年になる」

「えっ」

「おふくと出会って何年になる」

「十年余にござります」

「長いな。そろそろ、よいのではないか」

「はあ」

「千載一遇の機会を逃したら、死ぬまで告白できずに終わるぞ」

「されど、勇気が出ませぬ」

「よし、呪《まじな》いをひとつ教えて進ぜよう」

「呪い」

「さよう。『しくのきつぶこはくふ』と、声に出して繰りかえすのだ。さあ、言うてみろ」

　串部は言われたとおり、呪いをつぶやきながら、三ツ股の辻口に向かう。

　さきほどまで踏んばっていた野良犬は、吠えもせずに道を開けてくれた。

「しくのきつぶこはくふ、しくのきつぶこはくふ……」

逆さにすれば、それは「福運ぶ月の櫛」になる。

串部には意味がまったくわからない。わからずとも、蔵人介に教わったとおり、何度もつぶやきつづけた。

見慣れた青提灯が涼風に揺れている。

日没までには、まだ少し間があった。

見世はまだそれほど混んではおるまい。

串部は口をきりっと結び、両手で縄暖簾を振りわけた。

手柄《てがら》

張りこみから五日目、下川兵馬《しもかわひょうま》が動いた。

市ヶ谷御納戸町の一角にある組下長屋の裏木戸から脱けだし、闇のなかへ一歩踏みだしたのだ。

水無月《みなづき》三日の月は叢雲《むらくも》を裂き、凶兆を察した夜鴉《よがらす》が嗄れた声で鳴いている。

それにしても、蒸し暑い。

今夜もまた、寝苦しい夜になりそうだ。

「逃さぬぞ」

綾辻市之進《あやつじいちのしん》はつぶやいた。

小納戸組頭の下川には、御入用金着服の嫌疑が掛かっている。

「許せぬ」

不正に手を染めた幕臣は、ぜったいに許せぬ。

徒目付《かちめつけ》としてというより、おのれの正義が奸臣《かんしん》どもを野放しにしておけぬ。無論、手柄をあげて出世もしたい。

野心が正義に優り、ときとして冷静な判断を狂わせる。

「いかん、これではいかん」

と、みずからを戒め、鼓舞《こぶ》しながら、市之進は下川の背中を追いつづけた。

勾配《こうばい》のきつい浄瑠璃坂を下り、濠端の道をたどって右手の市ヶ谷御門を抜け、今や番町の迷路に踏みこんでいる。

さらに、土手三番町へ通じる道の途中で左手に折れ、三年坂《さんねん》を上って右手に曲がり、すぐさま左手に折れてまっすぐ進むかとおもえば、途中で左手に折れ、右手に曲がって進む。辻を何度曲がっても同じような武家屋敷ばかりが並んでおり、番町に住む者でも迷ってしまいかねない。

あきらかに、尾行を警戒しての道取りだった。

じつは、手下に使っている小者《こもの》が、五日前に尾行の途中で見失っていた。

その日以来、人任せにできなくなり、みずから張りこみをつづけている。

飯田町《いいだまち》の 俎《まないた》 河岸にある自邸へ戻るのは、毎晩、日付が替わったあとだ。

妻の 錦《にしき》 はいつも起きて待っている。

「お気になさらずに。何ほどのこともござりませぬ」

笑顔で応じてくれるものの、目の下には隈《くま》をつくっていた。

申し訳ないとはおもいつつも、張りこみを止めるわけにはいかない。

こうと決めたら、愚直に最後までやりとおす。

取り柄といえば、それしかなかった。

腹が空いても我慢し、かならず帰宅してから冷や汁を一杯食べることにしている。

冷や汁とは、残りのご飯に冷めた味噌汁をぶっかけただけのものだ。

鯵《あじ》の干物にくわえて、小口に切って塩揉みした胡瓜《きゅうり》や胡麻を載せる。

鯵ではなく、鰹の漬けを山かけ風に掛けてもよい。

これがじつに美味い。

炎天の夏ならではの食べ物と言ってもよい。

錦の愛情が込められた冷や汁だけを楽しみに、市之進は張りこみをつづけているようなものだった。

「今夜こそは」

密談の相手を突きとめてやる。

下川は善國寺《ぜんこくじ》谷の坂を上りきり、麹町《こうじまち》六丁目の大路を横切った。

そして、大横丁へ進む。
紀伊《きい》屋敷を横目に眺めてまっすぐ進めば、行き先は赤坂《あかさか》御門だ。
下川は三つ目の辻を左手に折れ、平川《ひらかわ》天神のほうへ向かった。
この辺りは「けだもの店《だな》」と呼ばれ、寒くなると猪や鹿の肉を食わせる見世が開く。
もっとも、真夏のこんな時季に獣肉を食う者などいない。
見世の扉は閉められ、露地は閑散としていた。
ところが、一軒だけ軒行灯を点けている見世がある。
下川は左右に気を配りつつ、その見世に消えていった。
急ぎ足で近づいてみれば、箱看板に「くずきり」とある。
獣肉屋なのに、夏はくずきりを商う水茶屋に変わるのだ。
見世の名は『紅六《べにろく》』というらしい。
紅は鹿肉をあらわす紅葉の紅、六は鹿からとったのであろう。
およそ、くずきりとはそぐわぬ屋号だ。
――ごおん。
亥《い》ノ刻を報せる捨て鐘が、唐突に響きはじめた。

町木戸の閉まる刻限に、わざわざ、くずきりを食べにくる者はいない。

もちろん、下川は誰かと密談をするためにやってきたのだ。

市之進は物陰に隠れ、一刻《いっとき》（二時間）ほど待ちつづけた。

すると、ふたつの人影が表口へ出てきた。

ひとりは下川だ。酒のせいで顔が赤い。

もうひとりは、商人風の男だ。

小肥りで笑みを絶やさず、それでいて抜け目なく周囲に警戒を払っている。

ふたりは見世のまえで別れ、下川は来た道を戻りはじめた。

市之進は迷わず、商人風の男を追っていく。

「正体を見極めてやる」

男は足早に遠ざかり、平川天神の脇から隼町《はやぶさちょう》のほうへ抜けていった。

市之進は裾を捲《まく》りあげ、駆けに駆ける。

ふたつ目の辻を右手に曲がると、小肥りの人影は町の一角に佇む商家のなかへ消えるところだった。

市之進は気づかれぬように駆けより、屋根看板をみあげる。

――公儀御用達小間物扱い　近江屋利平

とあった。

お城への出入りを許された御用商人のひとりだ。

中奥《なかおく》で使用する調度品などを発注する小納戸組頭が、外で会ってはいけない相手にほかならない。

賄賂《まいない》を貰っているのだなと、即座に合点した。

近江屋《おうみ》が大口の発注を受けられるように、下川が小細工をしているのだろう。

それだけでも罪は重いが、下川には御入用金を着服した疑いがある。しかも、着服するだけでは飽きたらず、盗んだ公金を米相場などに投じて殖やしているというのだ。

ひょっとしたら、近江屋が利殖の指南役なのかもしれない。

ともあれ、ようやく市之進は不正を明かす端緒を摑んだ。

興奮のせいで、鼓動が早鐘《はやがね》のように脈打ちはじめる。

「よし」

会心の笑みを漏らした途端、腹の虫がくうっと鳴った。

――小納戸組頭下川兵馬は御入用金二千五百五十三両を着服せり

市之進は訴状の文面を諳《そら》んじている。

目付の鳥居耀蔵《とりいようぞう》が、匿名を理由にいったんは丸めて捨てかけた訴状であった。

しかし、着服金の端数まで明記されていたことが確乎《かっこ》たる証拠の存在を匂わせ、捨ておけないおもいを抱かせたのだ。

着服金は米相場に投じるなどして運用されていると、文面はつづく。本所《ほんじょ》に妾宅《しょうたく》を構えるほどの豪奢《ごうしゃ》な暮らしぶりからも悪事不正への関与は明白で、下川兵馬こそは断罪すべき奸臣にほかならず、目付筋にて探索すべきことを強く訴えたいと結ばれていた。

「上様の御入用金を盗むとは不届き千万。訴状の中身が真実《まこと》ならば、幕臣たちにしめしがつかぬ。綾辻よ、下川兵馬なる者を調べよ」

御目付筆頭の鳥居より命が下されたのは今から十日前、千代田城表向きの御目付衆控え部屋へ伺候するのはそのとき以来のことになる。

上座にふんぞり返る鳥居はいつになく上機嫌で、市之進の報告にきちんと耳をかたむけた。

「なるほど、下川兵馬は出入りの小間物商と通じておったか。これでいっそう、疑いは深まったな」

「はっ」

「されど、下川は小物じゃ。上で何者かが糸を引いておるやもしれぬ。いや、きっとそうにちがいない。綾辻よ、黒幕の正体を探りださねばなるまいぞ」

野心旺盛な鳥居は老中《ろうじゅう》の水野越前守忠邦《みずのえちぜんのかみただくに》に取り入り、町奉行の座を射止めようと狙っている。そのためには、ひとりでも多くの奸臣をみつけだし、罰することが近道だと信じていた。

しかも、的に掛ける相手の地位が高ければ高いほど注目を浴び、手柄をあげた鳥居の価値もあがる。それゆえ、配下への要求は厳しく、ときには常軌を逸するようなこともあった。たとえば、黒を白と言いくるめ、冤罪《えんざい》に仕立てようとしたりもする。

鳥居にとって、幕臣の粗《あら》を探すのは役目というよりも、どちらかと言えば楽しみに近いのではないかとおもうことがあった。あまりに執念深く、忠実な僕《しもべ》の市之進でさえも辟易《へきえき》とさせられることが多いからだ。

鳥居はこちらの心情を察し、そうしたときにかぎって褒めことばを吐いた。

「綾辻家は、三代つづく徒目付の家柄。市之進よ、おぬしは生まれながらの徒目付じゃ。たとい、仲間に毛嫌いされようとも、おのれの信念を貫きとおす。悪は悪として裁く。それでこそ、上様の忠臣ぞ。揺るがぬ正義を胸に秘めた者でなければ、徒目付という難役はつとまらぬ」

いつもは「融通が利かぬ」だの「木偶《でく》の坊」だのと叱責されることが多いだけに、褒められれば天にも昇る気分になり、単純な市之進はいっそう精進《しょうじん》努力しなければとおもってしまう。

「して、次の一手は」

鳥居に問われ、市之進は身を乗りだした。

「いっそ、近江屋に縄を打ってはいかがかと。詮索部屋で尋問いたせば、洗いざらい喋るかもしれませぬ」

「痩せても枯れても相手は御用達、確乎たる証拠《あかし》がなければ縄は打てぬぞ。されど、密かにやる手はあるな」

「密かにでござりますか」

眸子《まなこ》を剝くと、鳥居はにやりと笑う。

「わからぬか。拐《かどわ》かすのじゃ」

「えっ、御用達を拐かすのでござりますか」

「何を驚いておる。相手は公儀をも恐れぬ極悪人ぞ」

相手が何者であれ、徒目付が拐かしに手を染めるのは、いくら何でも無理筋だ。戸惑っていると、鳥居は機嫌を損ねた。

「おぬしがやらぬと申すなら、別の者にやらせるまでじゃ。そうなれば手柄は無《の》うなってしまうが、よいのか」

出世の道は閉ざされ、これまでの苦労が水の泡になってしまうぞとまで言われ、市之進は唇を嚙みしめた。

「承知いたしました。近江屋を拐かします」

「よし、わしはいっさい関知せぬゆえ、おぬしの意のままにやれ」

「えっ」

「策が当たれば、おぬしひとりの手柄になろうが」

「はあ」

「されば、三日以内にやれ」

「三日でござりますか」

驚いてみせると、怖い顔で睨みつけてくる。

「できぬのか」

「……い、いいえ」

「良き報せを待っておるぞ」

鳥居はぷいと横を向き、別の書状に目を落とす。

市之進はがばっと畳に両手をつくと、やりきれない気持ちを抱えたまま、控え部屋をあとにした。


俎河岸の自邸に戻り、久しぶりにみなと夕餉の膳を囲んだ。

よちよち歩きの娘を膝に抱き、ご飯を食べさせてやる。

「幸《さち》よ、美味いか。ふふ、よしよし、良い子だ」

幸という名は、錦のたっての願いで姉の幸恵《ゆきえ》から一字貰って付けた。

幸恵は海内一《かいだいいち》と評されたほどの弓上手で、人柄も親しみやすい。しかも、胆が太く、誰もが忌避《きひ》する将軍家毒味役の矢背家へ平然と嫁いでいった。そんな義姉を、錦は菩薩のごとく信奉しているのだ。

微笑ましい光景は長くはつづかず、小さな娘がむずかって床に就いたあとは、ほとんど誰とも口を利かず、市之進は箸を止めては考え事ばかりしていた。

もちろん、役目のことは妻にも両親にも告げていない。

「わかる。わしには、ようくわかるぞ」

父の勝成《かつなり》は、興奮の面持ちでうなずいた。

「我が家のご当主どのはな、公儀の密命を帯びておられるのじゃ。わしにもおぼえがあるぞ。徒目付のお役目は過酷じゃ。お役目にのめりこむと、そのことしか考えられなくなる。頑固で融通が利かぬところなど、市之進はわしによう似ておるわ。四角い角が取れて丸くなるまで、はて、何年掛かるかのう」

勝成は烏賊《いか》の塩辛で一杯呑《や》り、赭《あか》ら顔で妻の絹枝《きぬえ》に酌を求める。

「少しお控えなされ」

酌を断られると、ふてくされて手酌に切りかえ、糸蒟蒻《こんにゃく》の白和えに箸を伸ばした。

祝いの膳でもないのに、鱸《すずき》の塩焼きなども見受けられる。

勝成は縁起を担いで家人にこれを「福子《ふっこ》」と呼ばせ、けっして「鱸」とは呼ばせない。

「市之進は福子じゃ。いずれは出世し、鱸になる」

というのが、酔ったときの口癖だった。

盆栽と将棋が趣味で、物事をよく将棋の手に喩える。

たとえば、隠忍自重《いんにんじちょう》すべきときは「穴熊じゃ。隅っこでじっとしておれば、いずれ活路はみえてくる」などと諭す。

無頼《ぶらい》を気取っているものの、美人で料理上手の絹枝には頭があがらない。長女の幸恵を矢背家へ嫁がせるときも、婚儀のお膳立てをした妻のことばに素直にしたがった。

絹枝は旧姓を美船《みふね》と言い、先祖は北条《ほうじょう》家に仕えた剣術指南役で、新当流《しんとう》の達人だった。北条家が豊臣秀吉《とよとみひでよし》に征討されると同時に没落し、そののち、紆余曲折《うよきょくせつ》を経て徳川幕府の御家人《ごけにん》となった。

父の代までは長らく番方《ばんかた》をつとめ、縁あって長女の絹枝は綾辻家へ嫁いできた。じつは、矢背家の前当主だった信頼は養子で、旧姓は美船といい、絹枝の父親とは兄弟だった。絹枝は信頼の姪に当たり、そうした縁で娘の幸恵と矢背家の新たな当主となった蔵人介との縁談をまとめたのである。

もっとも、勝成は旗本なので、御家人の美船家から嫁いできた絹枝の言いなりになることはなかった。それでも、敢えて反対しなかったのは、勝成自身が今は亡き信頼に借りがあったからにほかならない。

徒目付として血気に逸《はや》っていたころ、とある小納戸組頭の不正を調べていた。隠密行動が相手にばれ、下城の夜道で暗殺されかけたとき、偶《たま》さか通りかかった信頼に命を助けてもらったのだ。それゆえ、誰もが忌避する鬼役のもとへだいじな娘を嫁がせることにも抵抗はなかった。

蔵人介も養子なので幸恵と血の繋がりはないものの、ともあれ、綾辻家と矢背家は浅からぬ因縁で結ばれている。

市之進は夕餉を終え、据え風呂に浸かるなどしてくつろいだときを過ごした。

夫婦の部屋へ戻ってみると、小さな幸はすやすや眠っている。

「この子の寝顔を眺めておると、いっそうお役に励まねばという気力が湧いてくる」

かたわらから、錦も覗きこんできた。

「ほんに、可愛らしい寝顔でござりますなあ」

「錦よ、わしは誓うぞ。かならずや出世を遂げ、おぬしらを幸せにするとな」

「何を仰います。わたくしは今が幸せなのでござります。ご出世なぞお望みにならずとも、今の暮らしがつづいてくれるだけで充分なのですよ」

ありがたい。妻のことばが身に沁みた。

市之進は心の底から嬉しそうに笑い、娘の隣に添い寝した。

三日後の夕刻、鳥居に命じられた期限になった。

近江屋は一日のほとんどを店の外で費やし、忙しそうにしている。

朝夕はかならず城に顔をみせるので、半蔵《はんぞう》御門の外で待ちぶせしていれば、拐かすことはできそうだった。

小者に命じ、辻駕籠の手配も済ませている。

市之進は木陰に隠れ、そのときを待った。

近江屋は手代ひとりをともない、徒歩で門外へ出てくるはずだ。

何気なくそばに近づき、手代をさきにやりすごしておいて、本人に当て身を食《くら》わせればいい。

剣術は今ひとつだが、柔術には自信がある。

近江屋を拐かすのは、さほど難しいことでもないようにおもわれた。

「綾辻さま、これを」

小者の三次《さんじ》が、黒い布を手渡そうとする。

「万が一のためにでござります」

三次は薄く笑い、自分も布で鼻と口を隠した。

少し癖はあるが、重宝な男だ。そもそもは大名家を渡りあるく渡り中間《ちゅうげん》だった。

今は徒目付の手足となってはたらいている。

市之進は黒い布を受けとった。

下城の刻限は疾《と》うに過ぎ、肩衣《かたぎぬ》を纏《まと》った幕臣たちの人影はない。

時折、出入りの商人らしき連中が門から出てくるだけだ。

――ごおん。

暮れ六つの鐘が鳴った。

辺りは薄暗くなり、魔物の徘徊する頃合いとなる。

逢魔刻《おうまがとき》に出歩く者はときとして、昼と夜のあわいにできる裂け目に墜《お》ちてしまうという。

拐かしをするなら、逢魔刻こそが相応《ふさわ》しい。

「めえりやしたぜ」

三次が囁いた。

市之進は布で鼻と口を覆い、木陰から身を乗りだす。

拳を握り、関節の骨を鳴らした。

――ばきばき、ばきばき。

三次は不敵な笑みを漏らし、待機する辻駕籠のほうへ走る。

門に人影があらわれた。
貧相な手代につづいて、小肥りの商人がやってくる。
近江屋だ。
市之進は踏みだそうとした。
ところが、金縛りにあったように動けない。
近江屋主従は、眼前を通りすぎていった。
三次が、血相を変えて駆けてくる。
「旦那、行っちめえやすよ。よろしいんですかい」
返事もできずにいると、軽く舌打ちをされた。
臆病風に吹かれたとおもったにちがいない。
反論はできなかった。そのとおりだからだ。
黒い布を外し、地べたに叩きつける。
そこへ、別の人影が門からあらわれた。
幕臣のようだ。
「ん」
猪首《いくび》の容姿に、みおぼえがあった。

小納戸方の平役人だ。
名はたしか、桑野弥三郎《くわのやさぶろう》。
下川兵馬を見張っているとき、城内で何度か見掛けた。
桑野は下川の配下なのだ。
みるからに鈍重《どんじゅう》そうな男で、下川にいつも叱責されていた。
叱責どころか、罵倒《ばとう》されているのをみたこともある。
その桑野がどういうわけか、近江屋主従のあとを尾《つ》けていた。
市之進は門前を離れ、桑野の背中を尾けはじめる。
三次も従《つ》いてきた。
桑野の怪しげな様子から推して、何かあると勘をはたらかせたのだ。
近江屋主従は隼町の露地を左手に折れ、そのまま、店のなかへ消えていった。
その様子を、桑野は辻陰からみつめている。
しばらく動かずにいたので、市之進と三次も少し離れたところから見張った。
ふと、頭に浮かんだことがあった。
もしかしたら、あやつが訴状を書いたのかもしれない。
嫌味な上役の下川に恨みを抱き、御入用金着服の不正を嗅ぎつけて目付筋に訴えたのだ。

辻褄《つじつま》は合う。

臆病者だけに堂々と名乗ることもできず、訴状をしたためたことが露見しまいかと恐れているのにちがいない。

「綾辻さま、あのお役人をどうにかしやすか」

三次が代わりに言ってくれた。

なるほど、桑野に聞けば、不正のからくりがわかるかもしれない。

裏帳簿のような証拠を保持しているかもしれず、鳥居の望む「黒幕」の正体も知っていそうな気がした。

市之進は物陰から離れ、大股で間合いを詰めた。

桑野はうつむき、踵《きびす》を返そうとして振りかえる。

目が合った。

市之進は何食わぬ顔で近づき、桑野の面前で足を止めた。

「小納戸方、桑野弥三郎どのか」

居丈高《いたけだか》に問いかけると、桑野は追いつめられた兎《うさぎ》のように身を縮める。

「近江屋に用事でもござったのか」

ためしに問うてみると、桑野は顎を震わせながら正直にこたえた。

「……じ、じつは、金に困っており申す」

「どういうことだ」

質《たち》の悪い中間に誘われて賭け事にはまり、高利貸しから金を借りてしまった。三月《みつき》経ったら利子が膨らみ、二進《にっち》も三進《さっち》もいかなくなり、このままでは妻子から愛想を尽かされてしまいかねないという。

「まさか、金欲しさに近江屋を強請《ゆす》ろうとしたのではあるまいな」

「そのまさかでござる。お恥ずかしながら、ほかに妙手がおもいつきませぬ」

市之進は、呆れてものも言えない。

ただ、平役人が崖っぷちに立たされていることだけは理解できた。

「御用達に強請《ゆすり》を掛けるということは、それなりのネタがあるということだな」

この問いかけで、突如、桑野は我に返った。

「……き、貴殿は」

市之進は、こほっと咳払いしてみせる。

「申し遅れたが、徒目付の綾辻市之進でござる。じつは、下川兵馬の不正を調べておりましてな」

「げっ」

桑野は今になって驚愕し、四肢をぶるぶる震わせる。

ここは安心させねばならぬと、市之進はおもった。

「御目付宛てに訴状を綴ったのは、そこもとでござろう。正直におこたえなされ。さすれば、名を伏せて訴えたことも、高利貸しから金を借りたことも、すべて不問にいたそう」

「すべて不問に……ま、まことでござるか」

「お約束いたす」

市之進の真摯《しんし》な態度に感じ入り、桑野は降参したようにうなだれた。


翌日は桑野が非番だったので、神楽坂の坂上にある水茶屋へ呼びよせた。

桑野は渋々ながらもあらわれたが、こちらに心を許しきったわけではない。

上役の目付にも出所を口外しないという条件で、裏帳簿の写しを貰う約束をとりつけていた。

市之進も約束は守るつもりでいる。

桑野の身を守るためには、鳥居耀蔵へ報告するわけにはいかない。

訴状を書いた張本人で素行も悪いと判明すれば、改易《かいえき》に処せられる事態も否めないからだ。

桑野の携えてきた裏帳簿は本物ではないが、真相を知るためには欠かせない代物だった。

小納戸方から近江屋に物品を発注した三年ぶんの日付と金額が詳細に記され、これを表の帳簿と照らした数字が丹念に並べてある。表と裏の金額の差は合計で二千五百五十三両にのぼっており、訴状に記された御入用金の着服金額と一致していた。

桑野によれば、本物の筆跡はあきらかに下川兵馬のものであったという。

「不正の証拠でござる」

「よくぞ写すことができたな」

以前から小納戸方のなかで不正の噂はあったらしい。

だが、発注の権限を握る組頭へ抗《あらが》う者はいなかった。

桑野は日頃の恨みを晴らそうと、執念深く下川の粗探しをしつづけた。

そして、控え部屋に忍びこんで待望の裏帳簿をみつけだし、一晩掛かりで必死に写したのだ。

市之進は桑野に御手洗団子《みたらし》をすすめ、裏帳簿の写しを眺めて問うた。

「別枠で日付ごとに数字が記されておるが、これは何であろうな」

「切餅にござる」

賄賂のことだ。

さらに、市之進は首を捻る。

「賄賂の行き先が二手に分かれておるようだが」

「さすがでござるな。おわかりになりましたか」

「もしや、下川のほかにも毒水を啜っている奸臣がいる。そういうことか」

「おそらく、そうでしょうな」

しかし、桑野はもうひとりの素姓はわからぬという。

市之進は「黒幕の正体を探りださねばなるまいぞ」という鳥居のことばをおもいだした。

「下川兵馬と親しい者であろうか」

「拙者が知るかぎり、親しい者などおりませぬ」

利害だけで結びついている相手ということになろう。

ともあれ、桑野からは聞きたいことをすべて聞きだした。

あとは忠義の心に訴えかけ、白洲《しらす》で証言をさせられるかどうかだ。

裏帳簿は写しでも、写した本人が命懸けで証言すれば取りあげられる公算は大きい。

無理だとはおもいつつも、市之進は水を向けてみた。

「侍らしく、堂々と名乗りでる気はないか」

「えっ、仰る意味がわかりませぬが」

「組下のおぬしが白洲で訴えれば、下川を断罪できるやもしれぬ」

「拙者はどうなります。上役を訴えて無事でいられるとでもお考えか」

一生、日蔭者の暮らしを強いられよう。おそらく、城勤めはかなうまい。

周囲の冷たい眼差しに耐えられそうにないからこそ、桑野は匿名で訴状を書くしかなかったのだ。

「内密にすると約束しておきながら、聞きたいことを聞きだしたあとは手の平返しにござるか。ふん、だから、徒目付は信用できぬ」

「まあ、そう申すな。ところで、高利貸しのほうはどういたす」

「はて、いっそのこと株でも売りますか」

「侍をやめるのか」

それなら証言してからにしてほしいと言いかけたが、あまりに哀れすぎて黙るしかなかった。

このとき、もう少し説得しておけばよかったと、市之進はあとになって悔いた。

二日後の未明、桑野弥三郎は冷たい屍骸《むくろ》でみつかった。

自邸のそばに流れる掘割の端で、腹を横一文字に斬られ、絶命していたのだ。

自刃《じじん》でないことはあきらかで、何者かの手で一刀のもとに斬り捨てられたのは明白であった。

疑わしい下川兵馬については、小者の三次に一晩中張りこみをさせていたので、下手人は別の者ということになる。

鍵を握るのは、近江屋利平《りへい》であった。

おそらく、桑野は切羽詰まって強請を仕掛けたにちがいない。

そのせいで裏帳簿の写しを所持しているのが相手にばれ、口を封じられたのだ。

口を封じた下手人は、近江屋から賄賂を貰っていたもうひとりの人物かもしれぬと、市之進はおもった。

桑野が屍骸になった翌日、市之進は鳥居にみっちり絞られた。

近江屋を拐かす命令を決行しなかったばかりか、訴状を書いた桑野を勝手に調べたあげくに殺《あや》められ、肝心の黒幕を取り逃がすことにもなりかねない事態となったからだ。

「この失態を、いったいどうやって取りもどす気だ」

鳥居がもっとも懸念しているのは、桑野の口から目付の動きが筒抜けになったのではないかということである。

事態を早期に解決する方法は、不正の疑いが濃い下川兵馬に縄を打つことだが、裏帳簿の写しだけでは証拠として不充分だった。

「退《さ》がれ。できそこないめ、おぬしの顔なぞみとうもない」

市之進は叱責され、控え部屋から追いはらわれた。

途方に暮れながら下城の途に就き、半蔵御門から抜けだそうとしたところで、後ろから声を掛けられた。

「おい待て、市之進」

振りむけば、義兄の矢背蔵人介が近づいてくる。

自然と笑みがこぼれた。

「義兄上《あにうえ》、天の助けとはこのことにござります」

「大袈裟なことを抜かすな」

ふたりは門の外へ出て、肩を並べて歩きだした。

市之進がかいつまんで事情をはなすと、蔵人介はさも愉快そうに笑う。

「何が可笑《おか》しいのでござりますか」

「御目付どのに叱られる光景が浮かんだものでな。ふふ、案ずるな。よくあることさ」

「義兄上は関わりがないから、笑っていられるのでござる」

「まあ、そうやって尖《とが》るな。験《げん》直しに鰻《うなぎ》でも食いにいこう」

途端に、大食漢の市之進は目を生き生きとさせる。

「八幡町《はちまんちょう》の『川京《かわきょう》』でござりますな」

「おう、そうだ。あそこは白焼きが美味い」

「拙者は、わりしたで蒲焼きを所望いたします」

「ふふ、まいろう」

ふたりは番町を通って市ヶ谷御門を抜け、亀岡《かめがおか》八幡宮の門前町へ足を向けた。

裏通りの一隅に小汚い暖簾を下げた鰻屋がある。

店先に七輪を出して背開きの鰻を焼き、胡麻塩頭の親爺が汗みずくで渋団扇《しぶうちわ》をぱたぱたやっていた。おかげで香ばしい匂いが表通りまでひろがり、匂いにつられた客があかりに群がる夏の虫のように集まってくる。

「あいかわらず、混んでおるな」

江戸者は気が短いので、食べるのも速い。少し待てば席はすぐに空く。

案の定、楊枝をくわえた職人たちが、奥の床几《しょうぎ》からぞろぞろ出てきた。

ふたりは空いた席に腰を落ちつけ、顔を煤《すす》だらけにした女将に白焼きと蒲焼きを注文する。

「燗酒も貰おう」

この暑いのに燗酒ですかと、女将は口には出さぬが呆れてみせた。

安酒は燗をするにかぎる。

「さすが、鬼役。ふだんから節制なされておりますな」

市之進に持ちあげられても、蔵人介は取りあおうとしない。

燗酒が銚釐《ちろり》で出されると、はなしはすぐさま本題にはいった。

「おぬしの手には余るかもしれぬが、正体のわからぬもうひとりの悪党を誘いだすしかあるまい」

「いったい、どうやって」

市之進が注いだ安酒を、蔵人介はくっと呑みほす。

「強請だ」

「えっ」

「裏帳簿の写しは、おぬしが携えておると申したな。されば、それで近江屋を強請ってやればいい」

「なるほど、桑野と同じことをやり、刺客のまえに身を晒《さら》すわけでござるな」

「そのとおり」

「されど、敵は乗ってきましょうか」

「そこだ。強請と信じこむように仕向けねばならぬ」

蔵人介は策があるのか、平然とした口調で言った。

「小納戸方にたしか、お役目怠慢で譴慎を食った者がひとりおったな」

「長谷部《はせべ》庄助《しょうすけ》でござりますな」

「おう、そうだ。長谷部を抱きこみ、強請を仕掛けさせる。さすれば敵も、素行の芳《かんば》しくない長谷部なら、やりそうなことだとおもうであろう」

「命懸けのお役目になります。長谷部が引きうけましょうか」

「引きうけざるを得まい。お役目への復帰を条件にいたせばな」

「復帰を約束するのであれば、鳥居さまのご了解が要りますな」

「ほかに策がないとなれば、了解するだろうさ」

「はたして、上手くいきましょうか」

「案ずるより産むが易し。ほれ、鰻がきた」

焼きたての鰻が、香ばしい匂いとともにはこばれてくる。

待ってましたと言わんばかりに、腹の虫が鳴きはじめた。


長谷部庄助は市之進の申し出を受け、目付の密偵となった。

この件に関しては鳥居耀蔵の許しを得ることができたので、長谷部は囮《おとり》の役目を無事に果たせば、小納戸方への復帰を約束された。

密偵となった翌日、長谷部はさっそく近江屋の敷居をまたいだ。

市之進に教えられたとおり、裏帳簿の写しを披露し、法外な金を要求したのである。

予想どおり、近江屋は長谷部の素姓を調べあげ、借金まみれで首もまわらぬことを突きとめたようだった。

「あとは、敵が食いつくのを待つだけだ」

長谷部はその日から毎日、夕方になると御納戸町の自邸から外出し、用もないのに近所をふらついた。
市之進たちは、後ろから尾ける。
大勢だと勘づかれるので、小人目付《こびとめつけ》と小者がふたりずつ随行することになった。
期待どおりに敵がすがたをみせたのは、仕掛けから四日目の晩だ。
墨を流したような空には、わずかに欠けた立待月《たちまちづき》が輝いていた。
長谷部は薄暗がりのなか、近所の酒屋へ酒を買いに出向いた。
一升徳利を提げて家路に就いたところ、三ツ股の辻陰から忽然と人影があらわれた。
覆面をかぶった侍だ。
——すわっ。
市之進の合図で、捕り方四人が一斉に動いた。
覆面の侍は逃げもせず、長谷部に正面から斬りつける。
「うわっ、待ってくれ。これには事情が……」
「問答無用」
——ずばっ。
水平斬りで腹を裂かれ、長谷部は両膝を屈した。

「ぬおおお」

市之進はそのとき、素手で相手に飛びかかっていた。

覆面の侍は意表《いひょう》を衝かれて尻餅をついたが、倒れた拍子に突きだした刃が市之進の脇腹に刺さった。

「ぬぐっ」

激痛が走った。

だが、幸運にも急所は逸《そ》れている。

刀身を摑もうとするや、ずるっと引きぬかれた。

血が噴きでてくる。

それでも、役目は忘れない。

「おのれ、神妙にいたせ」

市之進に鼓舞され、捕り方四人が殺到してくる。

男はこちらに背を向けた。

「待て」

市之進は追いすがり、男の腰から印籠を引きちぎる。

「ただでは転ばぬぞ」

覆面の男は振りむかず、一目散に逃げていった。

かたわらには、長谷部が転がっている。

「……す、すまぬ。それがしのせいで」

印籠一個と交換に、人ひとりの命を犠牲にしてしまった。

「すまぬ」

頭を下げると、長谷部がむっくり起きあがってきた。

「うわっ」

傷の痛みも忘れて、市之進は仰《の》けぞる。

「綾辻どの、拙者は無事でござる。ほれ、こいつを二重に着込んでおりました」

長谷部が自慢げに胸を張った。

着物の裂け目から引きずりだされたのは、鎖帷子《かたびら》にほかならない。

市之進はほっと安堵の溜息を吐くと同時に、おのれの詰めの甘さを思い知らされた。

二日後の夕刻、市之進は痛みを堪《こら》え、矢背家を訪ねていた。

蔵人介はまだ下城していなかったが、姉の幸恵が迎えてくれた。

「姉上、こたびはご心配をお掛けいたしました」

「まったく、おまえは小さいころから無鉄砲な子でした。いつも、考えるよりさきに行動を起こしてしまう。それを世間では」

「後先見ずというのでござろう。耳に胼胝《たこ》ができるほど聞かされましたよ」

「わかっておるのなら、少しは自重《じちょう》しなされ」

小言を聞くのに辟易《へきえき》していると、蔵人介が折良く帰ってきた。

くつろいだ恰好に着替えて顔をみせるなり、にやっと笑みを浮かべる。

「おう、市之進か。怪我を負ったそうだな」

「いったい、誰に聞いたのでござりますか」

「幸恵さ。おぬしの母御が報せてくださったのだ」

「なるほど」

蔵人介は幸恵が居なくなると、顔を寄せてきた。

「長谷部は失敗《しくじ》ったらしいな」

「相手をみくびりすぎました」

「ほう、それほど強い相手か」

「強うござりました。義兄上と互角かも」

「はて、幕臣にそれだけの剣客がおったかのう」

「義兄上、拙者は幕臣とはひとことも申しておりませぬが」

「幕臣ではないと申すのか」

「いいえ」

「どっちにしろ、そやつの素姓を探りあてたわけだな。ふふ、おぬしの顔をみればすぐにわかるぞ」

「そやつが尻をみせたとき、印籠を引きちぎってやりました」

印籠は螺鈿《らでん》細工で南蛮人を描いた逸品だったので、道具屋を何軒か当たってみると持ち主の見当はついた。

「でかした。それで、相手の名は」

「納戸頭の富永監物《とみながけんもつ》にございます」

役料七百石の納戸頭と言えば中奥《なかおく》の出納《すいとう》を預かる要職だが、富永は支払金の調達を任されている立場なので、その気になれば御入用金を着服できる。しかも、甲源《こうげん》一刀流《いっとう》の免状持ちであった。

「条件は合うな」

印籠は同様のものが何個かつくられているので断定はできぬものの、蔵人介の脳裏にはすでに悪事の筋が描かれていた。

「下川が近江屋に代金を水増しさせた請け状を出させ、それに基づいて富永が御入用金から費用を捻出する」

水増しさせたぶんは近江屋に預け、米相場に投じて何倍にも殖やす。近江屋は殖えたぶんから約束の取り分を除いた残りを、賄賂として富永と下川のふたりに還元する。

裏帳簿によれば、わかっているだけでも、三年前から不正はおこなわれていた。

「出納を任された者でなければ考えつかぬ悪事だ。首謀者は富永で、下川と近江屋を引きこんだにちがいない」

「義兄上、いかがいたしましょう」

「そいつは目付の判断だ。強引だが、富永をしょっ引いて口を割らせる手もある」

「口を割らないときは、どうなります」

「目付が恥を掻くだけのこと。されど、鳥居さまは恥を掻くのが人一倍お嫌いな御仁。となれば、もう少し泳がせておけとご命じになろう」

「泳がせてそのさきは、どうなります」

蔵人介は即答する。

「三人はかならず、密談のために雁首《がんくび》を揃える。その機を逃さずに踏みこみ、三人まとめて縄を打てば観念するにちがいない」

「なるほど、鳥居さまの仰せになりそうなことですな。されど、密談に及ぶことを察することができたとしても、すみやかに捕り方を手配するのは容易なことではござりませぬ」

捕り方は少なく見積もっても、三十人は必要となろう。悪人どもの落ちあうさきにもよるが、出役《でやく》の手配は口で言うほど簡単なことではない。

「わかっておる。町奉行所にも助力してもらわねばなるまい。それゆえ、下川の動向に詳しいおぬしが鼻を利かせねばならぬのさ」

「拙者が鼻を利かせるので」

「ほかに誰がおる。張りこむべきは、やはり、下川兵馬だ。となれば、おぬしがもっとも適任と、鳥居さまでなくとも判断できよう。ここが手柄のあげどころだぞ。おぬしは三人が密談にのぞむという確信を得た時点で、遅くとも密談のはじまる一刻半（三時間）前には出役を願わねばならぬ」

下川が密談先へ着いてからでは遅い。向かう前からその兆候を見極め、適切に出役を依頼しておかねばなるまいと、蔵人介は上役のように説いた。

「市之進よ、できるか」

「難しゅうございますな」

それができねば奸臣を捕らえる術《すべ》はなく、悪事を見逃すことになるだろう。

鳥居の信頼を失い、出世からも見放されてしまうにちがいない。

錦と幸の悲しむ顔が、ふと、浮かんでは消えた。

「ともかく、やってみるだけのことは」

市之進は蚊の鳴くような声で応じ、矢背家をあとにした。


水無月二十四日。

張りこんで五日後、ようやくそのときがやってきた。

夕刻、下川兵馬がそっと自邸から抜けだし、いつもの浄瑠璃坂ではなく、富士見《ふじみ》馬場のほうへ向かったのだ。しかも、途中から編み笠をかぶり、逢坂《おうさか》を下って濠沿いの道を左手に折れ、牛込《うしごめ》御門のほうへ駆けるように進んでいった。

あきらかに、いつもとは様子がちがう。

しかし、市之進は慎重だった。

安易に切り札を切るのは避けたい。みずからの信用にも関わる。

一方、決断が遅れれば好機を逃す恐れが大きくなるのもわかっていた。ぎりぎりのところで気持ちの葛藤がある。後ろにしたがう三次も気が気でない。

「綾辻さま、よろしいのですか。まだ、よろしいのですか」

と、数間おきに聞いてくる。

下川は牛込御門下の舟寄せに降り、神田川を周回する乗合舟に乗った。

市之進は決断し、三次を呼びつける。

「練塀《ねりべい》小路の鳥居さまのもとへ走ってくれ。急ぎ出役の手配をとお伝えしろ」

「行き先は」

「追って使いを送る」

「合点承知」

三次は牛込御門へ通じる橋を渡った。

飯田町から駿河町を突っ切り、神田へ向かうのだ。

舟の進む方向と同じだが、乗合舟の舟足は緩慢なので三次のほうが速い。

一方、市之進は追尾の舟を仕立てず、土手道を走って追いかけはじめた。

江戸川との合流点に架かる舟河原橋《ふなかわらばし》を渡り、小石川《こいしかわ》御門へ向かう。

川幅が広いので行き交う舟が多く、見失わないように気をつけねばならない。しかも、存外に舟上から土手道はよくみえるので、下川に気づかれぬようにしなければならなかった。

追いかけるあいだに陽の入りとなり、川面は燃えるような深紅に染まった。息を呑むような絶景のなか、市之進は煌《きら》めく水脈《みお》を曳く乗合舟に目を貼りつけた。編み笠をかぶった下川の輪郭は、ともすれば、暮れなずむ川面に溶けてしまいかねない。

乗合舟は小石川から水道橋《すいどう》を抜け、昌平橋《しょうへい》の舟寄せに舳先《へさき》を寄せていった。

健脚自慢の市之進も、さすがに怪我が癒《い》えきっていないだけに辛い。走るたびに傷口が開いていくようで、何度もうずくまりたい衝動に駆られた。それでも、持ち前の粘りを発揮して舟寄せに近づき、陸へ降りてくる客たちに目を凝らす。

「いた」

編み笠をかぶった下川も降りてきた。

薄暗がりのなか、川沿いの道を左手に戻り、さらに右手に曲がって、神田明神下のほうへ進んでいく。

市之進は、汗みずくになって追いかけた。
すると、下川は三ツ股の辻でふいに消える。
左手に折れたのだ。
「くそっ」
急いで駆けより、辻の物陰からそっと顔を出す。
下川はちょうど、道沿いの見世に消えていくところだった。
足音を忍ばせて近づくと、香ばしい匂いが漂ってくる。
「鰻か」
下川が消えたのは『神田川』という老舗の鰻屋だった。
建物は二階建てで、部屋がいくつかある。
そのうちのどれかに、悪人どもが集まっているにちがいない。
市之進は、ごくっと唾を呑みこんだ。
そこへ、明樽拾いの小僧がやってくる。
素早く小銭を取りだし、紙にくるんで捻った。
「おい、小童《こわっぱ》」
囁くように呼びよせ、お捻りを渡す。

「使いを頼まれてくれ」

奉書紙に鰻屋の名と所在を書きつけ、小僧の懐中に差しいれた。

「その文を、下谷練塀小路の鳥居さまにお渡しせよ。お上のだいじなお役目ゆえ、くれぐれも抜かりのないようにな」

「へえ」

小僧は緊張の面持ちで返事をし、明樽を抛《ほう》ってすっ飛んでいった。

幸い、神田明神下から下谷練塀小路はさほど離れていない。

伝達が上手くいけば、捕り方が到着するまで一刻半と掛からぬであろう。

悪党どもを一網打尽にできるのは戌《いぬ》の五つ半（夜九時）頃と、市之進は読んだ。

物陰に隠れて、じりじりと待つ。

今し方、戌の五つ半を報せる鐘が鳴った。

鰻屋の表口を眺めても、それらしき連中は出てこない。

捕り方がやってくる気配もなかった。

「くそっ」

さらに四半刻《しはんとき》（三十分）ほど経ったころ、懐かしい顔がやってきた。

三次だ。

明樽拾いの小僧は、きちんと役目を果たしてくれたらしい。

ほっと胸を撫でおろしたのもつかのま、三次が吐きすてた。

「旦那、てえへんだ」

「ん、どうした。出役の手配が遅れておるのか」

「それもありやす。でも、そっちのはなしじゃやねえ」

「もったいぶらずに言ってみろ」

母の絹枝から同僚の徒目付にもたらされた伝言だった。

娘の幸が高熱を出して苦しんでいるというのである。

市之進は耳を疑った。

悪夢なら早く醒めてほしかった。

絹枝がわざわざ使いを寄こしたということは、よほど危ない状態なのだろう。

三次が同情顔で覗きこんでくる。

「旦那、行っておあげなされ。ここはおいらに任せて」

そんなことができるか。

役目を放りだし、病気の娘のもとへ帰るなどと、恐れ多くもお上から禄米を頂戴する幕臣にできようはずもなかった。ましてや、幕臣の見本になるべき徒目付ともあろう者がそのような軽率な行動を取れば、軟弱の誹《そし》りは免れまい。

できぬ。ここを離れることはできぬ。

胸の裡《うち》で叫べば叫ぶほど、虚しい気持ちになってくる。

幸のもとへ行きたい。父親がそばに居て元気づけてやれば、幸は助かるやもしれぬ。

たとい、助かる見込みはなくとも、そばに居て娘の体温を感じていたかった。

逡巡は焦りを生み、全身から嫌な汗が噴きだしてくる。

と、そのとき。

鰻屋から怪しげな人影があらわれた。

編み笠の侍ではなく、頭巾をかぶった侍だ。

傷が疼《うず》いた。

風体《ふうてい》から推して、富永監物にまちがいない。

ぐっと、拳に力が籠《こ》もった。

だが、捕り方はまだ来ない。

「旦那、どうしやす」

三次に言われずとも、腹は決まっていた。

富永とおぼしき侍は、辻の曲がり端《はな》へ遠ざかっていく。

「ええい、ままよ」

市之進は裾を捲り、物陰から飛びだした。

大股で駆けより、後ろから声を掛ける。

「待て」

富永は呼ばれて、悠然と振りかえった。

「誰かとおもえば、死に損ないか」

「徒目付の綾辻市之進でござる。富永監物どのとお見受けいたした。御入用金着服のかどで吟味申しあげたい。神妙にお縄を」

かたわらの三次が懐中から縄を取りだし、じりっと間合いを詰める。

富永は刀の柄に手を添え、声も出さずに笑った。

「どうせ、証拠《あかし》はないのであろう」

くるっと踵を返し、露地裏の暗がりに走る。

「逃げるか」

市之進は追いすがった。

「待て、そのさきは袋小路だぞ」

「ああ、わかっておるさ。囊中《のうちゅう》の鼠は、おぬしのほうだ」

富永はどっしり腰を落とし、腰の刀を抜きはなつ。

「旦那、助っ人を呼んできやす」

三次が叫び、走り去った。

どうせ、助っ人などいない。

一対一の勝負で決着をつけるしかないのだ。

富永は頭巾をはぐり取った。

市之進はうなずく。

「やはり、富永監物であったな。もう一度言う、縛《ばく》につけ」

「笑止《しょうし》」

富永は右八双から青眼に構えなおす。

市之進も覚悟を決め、腰の刀を抜きはなった。

こうなれば生きるか死ぬか、おのれの運を天に託すしかない。

「まいるぞ、若造」

富永はつっと身を寄せ、中段突きで誘ってくる。

これを物打《ものうち》で払うと、すかさず、上段の一撃が振りおろされた。

「ねりゃ……っ」

「ふん」

何とか弾き、市之進は間合いから逃れる。

凄まじい威力に、手がじんじん痺れていた。

だが、富永は必殺の胴斬りをまだ繰りだしていない。

こちらの力量を摑んだうえで、一気に勝負を決めるつもりであろう。

「ふふ、受け太刀ばかりでは勝てぬぞ。綾辻とやら、おぬしの命運は尽きた。神田明神下の袋小路で屍骸を晒すのが、使えぬ徒目付に似合った死にざまかもしれぬ。念仏でも唱えるがよい」

富永の殺気が膨らみ、風圧となって襲いかかってくる。

これで仕舞いかと、あきらめかけたとき、何者かの気配が背後の辻陰に立った。

「待て、そこの悪党」

耳に懐かしい声、それは市之進にとって天の声にも等しい。

振りむけば、義兄の蔵人介が歩みよってくる。

「市之進、おぬしの手には余ると申したであろう」

「どうして、ここが」

「捕り方が動いたのだ。今ごろ鰻屋の二階は、蜂の巣を突《つつ》いたような騒ぎであろう」

蔵人介の登場にも、富永は動じない。

「おぬしは何者だ」

「知りたければ名乗ってもよいが、名を聞いたら地獄へ堕ちるしかないぞ」

「何を気取《けど》っておる。早う名乗れ」

「鬼役、矢背蔵人介」

「何だと」

富永は首を伸ばし、じっと睨みつける。

「どうりで、みたことのある顔じゃとおもうたわ。上様の御毒味役が、何故、徒目付に加勢いたす」

「こやつは義弟でな、少しばかり無鉄砲なところがあるゆえ、放ってはおけぬのさ」

「ふん、まあよい。ふたりまとめてあの世へおくってやるわ」

「ほかに言いたいことがあれば聞いておく。辞世の句が詠みたければ待ってやろう」

「腹の立つやつめ。どうした、刀を抜け」

煽《あお》られても、蔵人介は微動だにしない。

なにしろ、田宮《たみや》流抜刀術の達人なのだ。

「抜いたときが、おぬしの死ぬときだ」

「猪口才《ちょこざい》な」

富永は不敵に笑い、撃尺の間合いに踏みこむ。

左脇構えから、必殺の水平斬りを繰りだした。

「死ね」

刹那、蔵人介が消えた。

上だ。

一間余りも跳んでいる。

しかも、刀を掲げていた。

――ひゅん。

閃光が走り、富永の額が斜めに裂けた。

「ぬひぇ……っ」

鮮血がほとばしる。

富永監物は宙を摑み、海老反りに倒れていった。

蔵人介は見事な手さばきで納刀し、市之進を振りかえる。

「おぬしは充分やった。あとのことは任せろ」

「えっ」

「表に辻駕籠を待たせてある。娘のもとへ行け」

「……あ、義兄上」

「急ぐのだ」

「はっ」

市之進は深々と頭を下げ、袋小路から飛びだした。


駕籠は昌平橋を渡って駿河台を抜け、ほどなくして俎河岸そばの自邸に着いた。

市之進は駕籠から転げおち、這々《ほうほう》の体で冠木門を潜り、表玄関までたどりつく。

「錦、錦、今帰ったぞ」

声が掠《かす》れて、よく出てこない。

奥から誰も顔をみせないので、市之進は草鞋《わらじ》も脱がずに廊下へ駆けあがった。

もしや、娘に何かあったのではないか。

不安が過《よ》ぎり、心ノ臓が飛びだしそうになる。

「幸、幸」

叫びながら廊下を渡り、どんつきを曲がった。

すると、母の絹枝が奥の部屋から顔を覗かせた。

市之進のすがたをみとめるや、顔がぱっと明るくなる。

「市之進ではないか。戻りなさったのかえ」

「母上、幸は、幸はどこに」

ほとんど半泣きの体で、部屋へ躍りこむ。

すると、幸を腕に抱いた錦が顔を向けた。

父の勝成や姉の幸恵もいる。

敷かれた蒲団のかたわらには、茶筅髷《ちゃせんまげ》の了庵《りょうあん》先生が控えていた。

市之進が幼子のころから診てもらっていた腕の確かな町医者だ。

「了庵先生」

「おう、市之進か。遅かったな」

「幸は」

「食中《あた》りじゃ。峠は越えたゆえ、案ずるな」

錦もにっこり笑い、かたわらから口添えする。

「先生の煎じ薬が良く効いたのでござります。ほら、幸はこのとおり」

朗らかに笑っていた。

「……よ、よかった」

市之進は畳に両膝をつき、がっくりうなだれる。

幸恵が近づき、腕を支えてくれた。

「大丈夫ですか。安堵しすぎて、力が抜けてしまったのですね」

「……あ、姉上。情けのうござります」

「まことにのう。お役目を放りだしてきたのであろう」

「えっ」

「よいのです。わたくしが躊躇《ちゅうちょ》なさった母上に申しあげたのですよ。愛しい娘の命と手柄を天秤に掛ければ、どちらが重いかすぐにわかるはずだとね。手柄なんぞ、これからさき、いくらでもあげられます。何ひとつ恥じることも、悔いることもありませぬ」

「……は、はい」

姉のことばに、弟は素直にうなずいた。

家に帰ってきたことこそが手柄なのだと、姉も母も言いたげだった。

厳格な父だけは何か別のことを言いたい素振りをみせたが、喉まで出掛かったことばを呑みこんだ。おそらく、徒目付としての心得でも説きたかったにちがいない。女たちの厳しい眼差しを察して止めたのだ。

市之進は膝で躙《にじ》りより、錦と幸のそばへ近づいた。

「ほら、父上ですよ」

錦は幸に言って聞かせる。

「父上はおまえのために、お戻りになってくださったのです。そのおかげで、おまえは病を遠ざけることができたのですよ」

「……に、錦」

市之進は泣きながら、錦と幸を抱きしめた。

母も姉も貰い泣きし、頑固な父の目にも涙が光っている。

「まこと、おぬしはわしに似て、融通の利かぬ男じゃな」

なぜか、父の口癖も、今宵だけは褒めことばに聞こえて仕方なかった。

なごり雪

凍《い》てつく雪原のただなかに佇んでいる。

巽《たつみ》の方角にみえるのは、千代田城本丸の甍《いらか》だ。

山狗《やまいぬ》の遠吠えも、鳥の囀《さえず》りも聞こえてこない。

おのれの吐く息の白さが、凄愴《せいそう》とした雪景色のなかに溶けていく。

この静けさが好きだと、伝右衛門《でんえもん》はおもった。

不浄な役目を担う尿筒《しとづつ》持ちにとって、唯一、心の安まるひとときかもしれない。

深い静寂を求めて、時折、雪に閉ざされた紅葉山《もみじ》を訪れる。

訪れても、東涯《とうがい》が白々と明けるまで居座ることはない。

徳川家歴代の将軍が神として祀《まつ》られた朱の鳥居にも興味はないし、曙光《しょこう》に煌めく御殿の甍を振りあおぐ気もなかった。ただ、誰もいない薄明の雪原に佇み、微《かす》かな風音に耳をかたむけていたいだけだ。

さくっ、さくっと、雪を踏む跫音《あしおと》が近づいてくる。

背後にあらわれたのは、火之番坊主《ひのばんぼうず》の円順《えんじゅん》だった。

紅葉山を守る御霊屋《みたまや》坊主のなかで、もっとも位は低い。

だが、別当《べっとう》の覚雲《かくうん》から機転がまわるところを重宝され、密命を伝達する役目を仰せつかっていた。

「土田《つちだ》さま」

姓を呼ばれても、伝右衛門は振りむきもしない。

いつものことだ。円順は命じられたままを告げにくる。

罪人の口書《くちがき》を淡々と綴った裁許帳《さいきょちょう》のようなものだ。

「御命にございます。七ツ口で五菜《ごさい》を見張ってくだされますよう」

と、円順はこともなげに言った。

平常《ふだん》は御小姓組番頭の橘右近《たちばなうこん》から直に密命を受ける伝右衛門だが、橘と太い絆で結ばれた覚雲からも密命を申しつけられることがある。たいていは、大奥《おおおく》絡みの厄介事であった。

「五菜の名は」

短く尋ねると、円順は即座にこたえた。

「弥助《やすけ》でござる」

それだけ聞けば充分だ。素姓は自分で探ればよい。

五菜とは御殿女中の雑用に応じる御用聞きのことだ。

何故、弥助という男を見張らねばならぬのか、それも聞く必要はない。聞く気もないし、知る必要も感じなかった。淡々と命じられたことをやるだけだ。余計なことを考えれば、墓穴を掘るにきまっている。

「ほかに何か」

伝右衛門は問われ、背を向けたまま首を横に振った。

円順は一礼し、雪原にみずからつけた浅い足跡をたどりながら遠ざかっていく。

「去ったか」

もはや、紅葉山に用はない。

だが、もうしばらく佇み、新鮮な空気を吸いこんでいたかった。

伸びをしようとして、ふと、妙な闖入《ちんにゅう》者が目に止まる。

薄闇のなかで、それは赤い目を光らせていた。

蹲《うずくま》ったまま、こちらをじっとみつめているのだ。

「兎か」

動く素振りをみせると、兎は霊廟《れいびょう》のほうへ跳ねていった。

向かって左手にある極彩色の建物は、台徳院秀忠公《だいとくいんひでただ》の霊廟だ。

秀忠公の干支《えと》は兎だけに、仏から遣わされた眷属《けんぞく》かもしれぬ。

——ごろっ。

虫起こしの雷が鳴った。

とりあえずは上様がご起床になるまで、七ツ口を見張ってみよう。

伝右衛門はほっと溜息を吐き、いまだ明け初《そ》めぬ紅葉山をあとにした。


大奥の七ツ口は、御殿女中たちが起居する長局《ながつぼね》と伊賀者《いがもの》などが詰める御広敷《おひろしき》との境目にある。身分の高い部屋持ちの女中に仕える部屋方が出入りする買物口でもあり、八百屋や肴屋や万屋《よろず》などの商人たちが詰めていた。それゆえ、いつも騒がしい。

七ツ口詰めの商人になるには鑑札《かんさつ》が必要で、鑑札を受けとるには御殿女中に気に入ってもらわねばならない。使番《つかいばん》の女中や御広敷の役人にたいしては、何といっても袖の下が有効だった。

五菜は物品の調達だけでなく、表沙汰にできないような手管《てくだ》の仲立ちもする。

御用達を狙う商人からも、今の地位を維持したい商人からも袖を引かれ、御殿女中たちへの口利きを頼まれたりもした。給金は年に一両二分ほどだが、実入りの多い役目ゆえに五菜になりたい者は多く、五菜株は高値で売買されている。

伝右衛門は化粧道具を扱う雑貨商に化け、さっそく七ツ口に忍びこんだ。

見張りの目はさほど厳しくないとはいえ、油断はできない。

出入りの商人も、五菜たちも、部屋方の女中たちでさえ、怪しいとおもえば、誰もが怪しくみえてくる。

要は心の持ちよう次第だ。

見張るべき相手は、すぐにみつかった。

弥助は公方家慶《いえよし》の寵愛を一身に受けるお美津《みつ》の方に仕え、御中《おちゅうろう》臈部屋を取りしきるお局《つぼね》の井川《いがわ》から指図を受けている。鼻筋の通った役者にしてもよいほどの男振りで、直に会話を交わすお端下《はした》の女中などはほかの部屋方から羨望の眼差しを浴びているようだった。

もとより、弥助を見張る理由など知る気もない。

ただ、表情や物腰から人となりを推しはかることは必要だった。

伝右衛門はそれとなく様子を窺い、ひとりのお端下に目を止めた。

名は雪《ゆき》、お美津の方を旦那にいただく部屋方のなかでは、若いほうだ。二十歳はすぎているであろう。

弥助をみつめる雪の眼差しが熱かった。

一見すると、お端下と五菜の間柄でしかないのだが、雪が弥助に惚れていることはすぐにわかった。

相惚《あいぼ》れなのか、片想いなのか。

それによって、弥助の素姓を推しはかる尺度がちがってくる。

片想いならば利用されているかもしれず、お端下に近づいた弥助の目途を探りあてねばならなくなる。

ふたりの関わりを知るには、雪のほうを探ったほうが手っ取り早い。

伝右衛門はそうおもい、大奥のさらに奥へと忍んでいった。

七ツ口の向こうにある長局は男子禁制なので、御用達の商人はもちろん、五菜であっても踏みこむことはできない。

唯一、塵《ちり》を集めてまわる老爺《ろうや》だけが出入りを許されていた。

忍びが「七放出《しちほうで》」と称する変装ならばお手のものだ。

伝右衛門は顔に皺をつくり、背を丸め、塵集めの老爺になりきった。

大勢の御殿女中たちの起居《ききょ》する長局は二階建てで、杉戸で区切られた小部屋が東西に長々と連なっている。細長い建物は南から北に向かって一の側《かわ》から四の側まで四棟見受けられ、それぞれが金網に覆われており、籠の鳥となってすごす御殿女中たちの暮らしを象徴しているかのようだ。

御年寄《おとしより》や御中﨟といった身分の高い女中たちは、一の側に部屋をあてがわれている。

お美津の方に与えられた部屋の大きさは、七十畳余りもあった。

召使いとなってはたらく部屋方は、お局の井川以下、局付きの相《あい》の間《ま》が五人、使いの小僧がふたり、炊事や洗濯を受けもつお端下が六人、しめて十四人いる。

これは、大奥で今もっとも威勢を放つ上﨟《じょうろう》御年寄の姉小路《あねがこうじ》に次ぐ大所帯であった。

しかも、一の側のなかでも公方と対面する表向きに近い位置に配されている。部屋の配置はそのまま寵愛の深さをしめしており、御殿女中たちの嫉妬を掻きたてる要因のひとつにもなっていた。

起居する間数は一階に五つ、二階に三つあり、床下に大下水の貫通する大廊下を挟んで浴室も備わっている。大廊下は東西数丁におよぶ長局を貫き、お端下は東端の井戸部屋から一日に何度も水を汲んでこなければならない。重い玄蕃《げんば》桶を天秤棒で担いで往復する役目は、年若い娘たちにとって辛いものだ。

伝右衛門は縁の下や天井裏に潜み、中﨟部屋の様子を窺った。

雪はお端下のなかでも一番の下っ端らしく、年上の連中から扱《こ》きつかわれている。当然のように、水汲みにも何度となく行かされたが、けっして音《ね》をあげることはなかった。

翌日も翌々日も長局に忍びこみ、伝右衛門は雪の様子を窺った。

空がまだ明け初めぬころ、雪はいの一番に起きだし、東端の井戸部屋から冷たい水を汲んでくる。

掌はあかぎれになっていた。

玄蕃桶は重く、天秤棒は肩に食いこんでいる。

それでも、伝右衛門は哀れだとはおもわない。同情も抱かなかった。

お端下の娘たちはみな、過酷な役目を言いつけられ、文句も言わずに役目をこなしている。

町娘ならば誰でも憧れる大奥勤めの辛さは、体験した者でなければわかるまい。

雪に変わった兆候はみられなかった。

弥助との連絡役《つなぎ》をやらされているのではないかと憶測したが、どうやら見込みちがいのようだ。

これまでにするか。

見張りを打ちきり、中臈部屋に背を向けたときだった。

局部屋の襖障子がわずかに開き、白い腕が差しだされた。

「ん」

伝右衛門はすぐさま、中庭の垣根内に潜む。

脳裏に浮かんだのは、暗い夜道に妖しく揺れる夜鷹《よたか》の腕だ。

腕の主は、井川にまちがいない。

雪は誘われるがまま、そばに近づいていく。

井川の腕は輪を描き、雪の頬を優しく撫でまわした。

「やわらかい」

甘ったるい声も聞こえてくる。

伝右衛門は、じっと耳をそばだてた。

井川から雪へ、何らかの指図が下されるかもしれない。

それを聞きのがすまいとおもった。

「つぎの代参《だいさん》も、わかっておろうな」

きれぎれに、井川の声が囁いた。

意味をはかりかねたところへ、人の気配が迫ってくる。

「おい、そこで何をしておる」

囁き声で叱責された。

振りむかずとも、誰かはわかる。

長局ではあまり見掛けぬ御広敷の伊賀者だ。

大奥の番犬に怪しまれたら、厄介なことになる。

伝右衛門はわざと汚した乱杭歯《らんぐいば》を剥き、皺顔をゆがめてみせた。

「ぬひひ、申しわけのねえごとにござえやす。ちょいと差し込みが……へえ、もうすっかり治りやした。ご心配えにゃおよびやせん」

手にした塵箱《じんこ》をみせると、賢《さか》しげな伊賀者は顔をしかめ、しっしっと犬でも追いはらうような仕種をする。

伝右衛門は腰を屈め、そそくさと大奥の闇に消えていった。

雪という娘は、その名のとおりに色白で、なかなかの縹緻《きりょう》良しだった。

しかし、伝右衛門が惹かれたのは、そうした見掛けばかりではなかった。どことなく垢抜けないところが、幼い時分に生き別れになった妹に似ていたからだとおもう。

伝右衛門は、飢饉に喘《あえ》ぐ陸奥《むつ》の寒村に生まれた。

村人たちは逃散《ちょうさん》寸前まで追いこまれており、生まれたばかりの赤ん坊は多くが間引きされていった。

伝右衛門は十一、妹が七つになったばかりのころ、崩れかけた荒《あば》ら屋に人相の悪い男がひとりやってきた。

男は上がり框に一分金を三枚置き、何も言わずに妹を連れ去ってしまったのだ。

父親は萎《しお》れた菜っ葉のように項垂《うなだ》れ、母親は嗚咽《おえつ》を漏らしていた。

あとで男の商売が女衒《ぜげん》であることを知った。

妹は泣きもせず、女衒の握り飯につられて去った。

それきり、逢ってはいない。

村人たちは翌年の旱魃《かんばつ》に耐えきれず、ついに逃散をはかった。

伝右衛門たちも慣れ親しんだ故郷を捨て、親子三人で身を寄せあうように東北道を上っていった。ところが、江戸へ向かう途中で双親《ふたおや》はあいついで餓死し、伝右衛門も精根尽き果てて路傍に横たわった。

そのまま、野垂れ死にするものとあきらめたが、運良く托鉢《たくはつ》の虚無僧《こむそう》に救われた。

握り飯ひとつで命を長らえ、虚無僧とともに托鉢をしながら江戸へたどりついた。

そして、普化宗《ふけ》の虚無僧たちが集う下総松戸《しもうさまつど》の一月寺《いちがつじ》にて修行を重ねたのち、とある幕臣のもとへ預けられた。

何故、預けられたのか、今でもよくわからない。

「この子は泣いたこともなければ、ほとんど口をきいたこともない」

と、一月寺の高僧は笑っていた。

幕臣の家では、そんな子を欲していたのだ。

預けられたさきでは、武芸を教えこまれた。

剣術のみならず、槍や薙刀や鎖鎌や柔術にいたるまで、あるいは、忍びの使う体術や呼吸術についても、眠る暇《いとま》もなく叩きこまれた。

さらに、過酷な武術修行ののち、主人のいちもつを握らされた。

「家業じゃ」

と命じられ、竹筒に小便を流す技をおぼえさせられたのだ。

尿筒流しもふくめて、課された修行を辛いとおもったことは一度もない。

餓える辛さにくらべれば、血の滲むような努力が楽しくさえあった。

生まれつき、武術の才が備わっていたのであろう。

やがて、伝右衛門は武芸百般に通暁《つうぎょう》する若者に成長した。

そして、公方の尿筒持ちを生業《なりわい》とする土田家の養子に迎えられたのである。

養子にすると告げられた瞬間、雲の上にふわりと浮かんだ心地になった。

だが、喜びはあまり感じなかった。

そもそも、喜ぶ術を知らず、修行ではいかなるときも喜怒哀楽を抑えこまねばならぬと教わった。

ゆえに、正直な感情を面《おもて》に出すことはない。

意図して出さぬというよりも、伝右衛門はみずからの感情を誰かに伝えることができなかった。

――尿筒持ちに人並みの感情は不要なり。

養父の厳格な教えを胸に刻み、言われるがままに跡目を継いだ。

公人朝夕人《くにんちょうじゃくにん》として最初におおやけの御用を授かったのは、十五年ほどまえのことだ。

ちょうど今と同じ季節、虫起こしの雷が鳴るころだった。

鷹場《たかば》に設《しつら》えた陣幕のなか、床几《しょうぎ》に座る家斉《いえなり》公のいちもつを握り、ほとばしる尿をよどみなく竹筒のなかへ流してやった。

さして緊張したおぼえはない。

失態を演じれば、その場で斬首されるだけのことだ。

死に絶える寸前の村を捨てたときから、いつなりと死ぬ覚悟はできていた。

今もその覚悟に変わりはない。

ただ、雪という娘を目にしたときから、今までに抱いたことのない甘酸っぱいような感情に惑わされている。

薄幸そうな娘の横顔が、女衒に連れていかれた妹の面影と重なった。

上がり框に並べられた三枚の一分金とともに、去っていった妹のすがたが目に焼きついて離れない。

だからと言って、雪の素姓を調べようとはおもわなかった。

万が一にも、雪が生き別れになった妹であるはずはない。

たとい、妹であったとしても、それが何だというのだ。

邂逅《かいこう》できたからと言って、格別な感情は湧きそうにない。

別々の道を歩んだ長い年月が、ふたりを他人に変えている。

きっとそうにちがいないと、伝右衛門はみずからを戒めた。

それから数日のあいだ、本業の尿筒持ちをやりながら、七ツ口に通っては弥助を見張りつづけた。

ただ、見張れということ以外、命じられてはいない。

雪は七ツ口にあらわれなくなり、弥助にも怪しい素振りはみられなかった。

そうしたなか、公方家慶の命で鷹狩りがおこなわれることとなり、公人朝夕人の伝右衛門も供人の端にくわわることとなった。

このところの好天つづきで、江戸府内の雪はほとんど溶けかかっている。

ところが、鷹狩りの当日だけは早朝からあいにくの天候で、見上げる空一面は厚い雲に覆われていた。

碑文谷《ひもんや》の鷹場へ向かう途中で、牡丹《ぼたん》雪が降ってきた。

それでも、中止の合図は出ず、鷹狩りは強行された。

——どど、どど、どど、どど。

馬群の跫音が腹に響く。

近在から駆りだされた勢子《せこ》たちが笛や太鼓で囃したてるや、あらかじめ仕込んでおいた鶉《うずら》が飛びたった。

「それい」

家慶の合図で鷹匠《たかじょう》が鷹を放ち、飼い慣らされた鷹は獲物を的確に捕らえてみせる。

「うわああ」

供人たちが歓声をあげ、泥だらけの馬をけしかけた。

馬群は鷹を追うように蹄《ひづめ》を鳴らし、土塊《つちくれ》を蹴散らしながら疾駆《しっく》する。

人馬が一斉に殺到し、供人のひとりが鷹の捕らえた鶉を手にぶら下げて自慢顔で戻ってきた。

伝右衛門にとっては、滑稽以外の何ものでもない光景だ。

家慶は満足そうにうなずき、供人に褒美を取らせたりなどしていた。

狩りが長引くにつれて、寒さはいや増しに増していった。

あまりに寒いので、供人たちは四肢の震えを抑えきれなくなる。

過酷な修行を積んだ伝右衛門は、ひとりだけ寒さを感じていなかった。

尿筒を温石《おんじゃく》で温め、いつでも御用に使えるようにしておき、上戸《じょうご》の家慶が頻繁に尿意を催しても、粗相のないように対応してみせた。

淡々と役目をおこなう伝右衛門のすがたは、供人たちにとって奇異に映ったことだろう。

だが、ほんとうは、みている者などひとりもいない。

不浄な役目を担う尿筒持ちに目を向ける供人などいなかった。

昼餉をとってひと休みし、一行は帰路に就いた。

天候はいっこうに好転せず、疲労は募るばかりだ。

馬の隊列も徒士《かち》の者たちも、落ち武者のようにみえた。

峠の茶屋を通りすぎ、下り坂の狭い道に差しかかったときのことだった。

突如、家慶の乗る黒鹿毛《くろかげ》の牝馬《ひんば》が暴れだした。

――ひひん。

疳高《かんだか》く嘶《いなな》くや、牝馬は前脚を猛然と振りあげる。

竿立ちになった刹那、家慶は宙へ放りだされた。

「あっ、上様」

道端には六体の石地蔵が並んでいる。

誰もが惨事を予測し、眸子を瞑《つむ》った。

つぎの瞬間、牝馬の脇を一陣の風が吹きぬけた。

気づいてみれば、家慶はやわらかい筵《むしろ》のうえに寝かされている。

かたわらには、伝右衛門が片膝立ちで控えていた。

息の乱れすらない。

疑いもなく、伝右衛門が家慶を救った。

ところが、誰ひとり目にした者はいない。

褒美を与えられるほどの大手柄であったにもかかわらず、伝右衛門は誰からも一《いっ》顧《こ》だにされなかった。

供人たちは家慶の無事を喜び、隊列を整えることに気を向けた。

当の家慶も狐につままれたような顔で、別の馬の鞍《くら》にまたがった。

それでよいと、伝右衛門はおもう。

褒美など、最初《はな》から望んでおらぬ。

――公人朝夕人は影じゃ。いざというとき、上様をお守りする最強にして最後の盾とならねばならぬ。

養父には、そう教えられた。

供人の数には入れられていない。影であるがゆえに、公方を助けた手柄も表沙汰にはされぬ。

それは近習《きんじゅ》のあいだでも、暗黙の了解というべきものであった。文句を付ける気は毛頭ない。

霙《みぞれ》と化した牡丹雪は、冷たい雨へと変わっている。

家慶を振りおとした黒鹿毛は、哀れにもその場で命を絶たれた。

伝右衛門は、馬の尻に棘《とげ》のようなものが刺さっているのをみつけていた。

坂道を悄然と歩みだした一行に目を移すと、徒士《かち》の供人がひとり欠けている。

おそらく、当初から供人に化けて潜りこんだ刺客がいて、家慶の命を狙ったにちがいない。

公方の命が狙われたとすれば、幕府にとっての一大事であった。

城に戻るまでは警戒を怠らず、城に戻ったあかつきには、すぐさま、橘右近に注進しなければなるまい。

伝右衛門は公方の乗る斑馬《まだらうま》の馬尻に身を寄せ、眼下に広がる田圃を眺めまわした。

弓か鉄砲で狙う者はいないか、慎重に見極めようとおもったのだ。

遥か彼方までつづく田圃には、百姓たちのすがたがちらほら見受けられる。

怪しい人影はない。

おそらく、刺客は失敗《しくじ》りを悟った直後、何処かへ逃げたのだろう。

四肢を凍らせる雨は、降りやむ気配もなかった。

隊列にある馬も人も、盛んに白い息を吐いている。

伝右衛門はもう一度耳を澄まし、刺客の気配を窺った。

窺いながらも、脳裏には弥助と雪の顔を浮かべていた。


お局の井川はお美津の方につきしたがい、御台所《みだいどころ》の名代《みょうだい》として上野《うえの》の寛永寺《かんえいじ》に向かうこととなった。

本来、代参は御年寄の役目だが、近頃は月命日などに託《かこつ》けて公方に寵愛される中臈にも外出の幸運がめぐってくる。籠の鳥も同然の暮らしを強いられている御殿女中たちにとって、代参は気晴らしになる唯一の機会でもあった。

どうやら、このたびは御年寄の姉小路が流行病《はやりやまい》で床に臥《ふ》せっていることもあり、お美津の方に申しわたされたものらしい。

――つぎの代参も、わかっておろうな。

中臈部屋の片隅で井川が雪に囁いた台詞を聞いてしまったこともあり、伝右衛門は代参の一行を追うことにした。

姉小路のように十万石の大名と同等の格式とまではいかぬまでも、鋲《びょう》打ちの駕籠を連ねた行列は煌びやかで華々しい。

前方の駕籠に乗るお美津の方は下げ髪にし、鬱金《うこん》の合着《あいぎ》に地黒の打掛《うちかけ》を羽織っていた。

陸尺《ろくしゃく》は先棒がひとりに後棒がふたり、さらに、手替わりがひとり控えている。駕籠脇に随従する部屋方はふたりで、いずれも髪をしの字に結いあげ、腰模様のある合着のうえに黒木綿の着物を纏い、知恵の輪を染めぬいた縮緬《ちりめん》の帯を締めていた。

部屋方の前面には菅笠《すげがさ》の小人《こびと》がおり、同じく菅笠をかぶった伊賀者と添番《そえばん》が目を光らせている。さらに、挟《はさ》み箱持ちがふたり並び、それら一行の先導役となって歩く使番の女中は髪を紅葉わげに結い、白地に花模様の打掛を羽織っていた。

前方の駕籠と半丁ほどあいだを空け、お局の井川が乗る鋲打ちの駕籠もみえる。井川は髪を片はずしの椎茸髱《しいたけたぼ》にまとめ、縫箔入りの高価な打掛を羽織っていた。

こちらも陸尺は手替わりを入れて四人おり、いずれも薙刀袖の黒無地看板をぞろりと長く着こなしている。駕籠の前方に一対の挟み箱持ちが歩み、駕籠の前後には合羽《かっぱ》籠持ちがふたり見受けられた。

井川の乗る駕籠脇に伊賀者や添番はおらず、小柄で色の白いお端下がひとりだけ随行している。

雪であった。

髪は簡易なちょんぼりづと、黒木綿の襟下に矢羽根柄の合着が覗いている。

お端下の下っ端が随行を許されている以上、何かあるにちがいないと勘ぐらざるを得なかった。

朝早くに城を出立した一行は、四つ刻（午前十時）近くには寛永寺吉祥閣《きっしょうかく》の山門を潜った。

お美津の方とお局の井川は中堂を抜けて本堂に詣《まい》り、住職に経をあげてもらう。読経《どきょう》の声が朗々と響きわたり、堂内は荘厳な雰囲気に包まれた。

本堂でのおつとめが終わると、歴代将軍の祀られた御霊屋を参拝してまわる。寛永寺の御霊廟には、第四代の家綱《いえつな》公、第五代の綱吉《つなよし》公、第八代の吉宗《よしむね》公、第十代の家治《いえはる》公と、四人の将軍が埋葬されていた。

さらに、いくつかの子院にも詣ってご本尊を拝む。

各院には進物《しんもつ》が供されるので、行く先々で代参の一行は歓待された。

子院のひとつで中食《ちゅうじき》を済ませると、お美津の方は不忍池《しのばずのいけ》の弁財天《べざいてん》へ向かった。

井川も随行するのかとおもえば、意外にも子院に留まる。
事前に許しを得ていたのであろう。
旦那とお局は、別の行動をとるようだった。
井川は袖頭巾で頭をすっぽり覆い、宿坊の外へ出た。
随行する供は、雪しかいない。
井川と雪は子院の裏門を抜けて屛風《びようぶ》坂を下り、竹林の奥へ向かった。
伝右衛門は気取られぬように、ふたりの背につづいていく。
竹林の奥には墓地があり、墓石のひとつから人影があらわれた。
「ん」
すかさず、草叢《くさむら》に身を隠す。
人影は、五菜の弥助だった。
井川を恭《うやうや》しく出迎え、墓石の狭間を抜けて、さらに奥へと進む。
導かれたさきは、四つ目垣に囲まれた庵《いおり》だった。
周囲はひっそり閑としており、添水《そうず》の音しか聞こえてこない。
――たん。
中庭に池があるのだろう。

空には雨雲が垂れこめ、冷たい風も吹いている。

井川は袖頭巾のまま、庵のなかへ消えていった。

伝右衛門は影と化し、裏手から庵の天井裏へ忍びこむ。

庵のなかは存外に広く、いくつかの小部屋に分かれており、部屋に囲まれた箱庭には小さな池が掘られていた。

――たん。

添水の音が、伝右衛門の頬を強張らせる。

天井の羽目板をずらして覗くと、三つの人影はちょうど廊下を渡っていた。

奥まった部屋の手前で、先導役の弥助が立ちどまる。

「こちらでお待ちにございます」

弥助の声に呼応し、襖障子が内から開いた。

井川は袖頭巾を脱ぎ、身を滑りこませる。

弥助と雪はそれを見届け、部屋のまえから離れていった。

伝右衛門は音もなく、奥まった部屋の天井裏へ身を移す。

羽目板を外して覗くと、有明行灯《ありあけあんどん》の炎に人影がひとつ映しだされた。

色白のうらなり顔、逢瀬の相手にはみおぼえがある。

菊次郎《きくじろう》という三座の女形《おやま》だ。

錦絵にもなったほどの人気役者で、市井《しせい》で知らぬ者はない。

有明行灯のかたわらには、蒲団も敷かれていた。

「……ああ、菊次郎、逢いたかった」

井川は艶めいた声を漏らし、菊次郎の胸にしがみつく。

閨《ねや》での仕儀をつぶさに見物するつもりはない。

伝右衛門は羽目板を戻し、天井裏を這うように進み、弥助と雪を捜した。

いる。

廊下の片隅だ。

雪は俯《うつむ》き、声もあげずに泣いている。

一方、弥助は持てあますように身を離し、跫音を忍ばせると、井川と菊次郎が逢瀬を楽しむ部屋のそばまで戻っていった。

何故、雪は泣いているのだ。

伝右衛門の頭は、いささか混乱していた。

少し目を離した隙に、弥助と雪とのあいだに何が起こったのか。

知りたい。

やはり、雪のことが気に掛かるのだろう。

若いふたりの仲をあれこれ詮索したところで、詮無いことはわかっている。今まで培《つちか》った探索の経験から推しても、弥助の動きだけに注意を払うべきだ。

人気役者との逢瀬を取りもち、お局の井川に何をやらせるつもりなのか。

弥助の目途を探りだすことこそが、みずからに課された使命にほかならない。

鷹狩りの帰路で家慶が命を狙われたこととも、関わっているのではないかと察せられた。

それならばいっそう、気を抜くことはできない。

何者かが公方の命を狙っているのだとすれば、公人朝夕人はからだを張って敵を阻まねばならなかった。

しばらくじっと様子を窺い、伝右衛門は天井裏から音もなく離れた。

詮方あるまい。

尿筒持ちという本来の役目を果たすべく、千代田城に戻らねばならぬ刻限が近づいていた。

その日の晩、菊次郎の屍骸が寛永寺の寺領内でみつかった。

京の清水寺を模した舞台造りの御堂に血痕が見受けられ、屍骸そのものは外へ大きく張りだした欄干を越え、奈落《ならく》の底に落ちていた。

金瘡《きず》は袈裟懸けの一刀、何者かに斬られたのはあきらかだ。

文字どおり、清水の舞台から飛びおりた心地で逢瀬を重ねた役者を皮肉るような最期であった。

伝右衛門は咄嗟に、弥助の仕業ではないかとおもった。

菊次郎に使い途が無くなったので、口封じのために殺めたのだ。

愛しい敵娼《あいかた》の死を知ってか知らずか、今朝方、お局の井川がみずから毒を呷《あお》った。

鼠退治の石見銀山《いわみぎんざん》を口にふくみ、泡を吹いて失神したのだ。

命はとりとめたものの、予断を許さぬ症状であるという。

たてつづけに起きたふたつの凶事を、伝右衛門は紅葉山火之番坊主の円順から告げられた。

井川はお美津の方宛てに、遺書めいた書置きを遺していたらしい。

「取りかえしのつかないことをしてしまった。とある人物にそそのかされ、人気役者の菊次郎と深い仲になった。惚れた弱みにつけこまれ、とんでもないことをさせられそうになった。と、そのような内容にござります」

よどみなく説いてくれた円順によれば、井川は菊次郎に閨で夢見心地に囁かれ、お美津の方に毒を盛るように命じられたという。

菊次郎の裏で糸を引いた人物が誰かは、記されていなかった。書置きに綴られた「とある人物」とは、弥助にまちがいない。ただし、弥助の後ろ盾となった黒幕がいるはずだった。

誰が黒幕なのか、伝右衛門におおよその見当はついている。

謀事《はかりごと》の絵を描いたのは、上臈御年寄として大奥に君臨する姉小路か、お局の岩《いわ》田《た》あたりであろう。

そもそも、姉小路は家慶の御台所《みだいどころ》である楽宮喬子《さざのみやたかこ》付きの小上臈として大奥にはいった。大御所家斉の娘和姫《かずひめ》が毛利《もうり》家に輿《こし》入れする際、一時は従者として毛利家の上屋敷に身を置いたものの、和姫の死去にともなって大奥へ出戻り、上臈御年寄として強権をふるうようになったのだ。

水戸《みと》藩の老女となった妹の花野井《はなのい》ともども、若いころから美貌を謳《うた》われていた。御台所の従者でありながら、公方家慶と閨をともにしたことは、表立って口にする者はおらずとも、大奥の内外に遍《あまね》く知れわたっている。

姉小路は家慶の寵愛を受け、大奥に君臨するまでになった。

ところが、今では年齢を重ね、公方の寵愛を失いつつある。

それだけに、公方と閨をともにする中﨟たちには激しい嫉妬の炎を燃やしていた。近頃は癇癪《かんしゃく》を起こすこともしばしばで、気に入らぬ中﨟は公方の御前から遠ざけ、意のままになる者だけを近づけたりもしている。

姉小路の意を汲んで謀事を企てるのは、お局である岩田の役目だ。策士の岩田は、同じお局の井川と張りあっていた。

ともあれ、公方の寵愛を一身に受けるお美津の方は、姉小路にしてみれば天敵ともいうべき相手だ。

嫉妬が殺意に転じても不思議ではない。

研ぎすまされた鋭利な嫉妬心は、お美津の方のみならず、家慶にも向けられたにちがいない。

鷹狩りの際、弥助が供人の列に潜りこんでいたことを、伝右衛門はすでに調べあげていた。

弥助の正体は、御広敷の番人を務めたこともある伊賀者だった。

卓越した体術を武器に、はぐれ忍びの刺客となり、おのれの出世を賭けて岩田に取りいり、とんでもない企てを囁いたのかもしれない。

岩田は姉小路に禍々しい企てを告げた。あるいは、旦那から暗黙の了解を得て、弥助を使ったのかもしれない。どちらにしろ、女の嫉妬に端を発した仕掛けであったが、弥助という欲深い男がいなければ、姉小路も岩田も一線を越えなかったはずだ。

もちろん、確証の得られたはなしではない。
姉小路と岩田の罪を証明するのは難しかろう。
伝右衛門は円順を介して、弥助の斬殺を命じられた。
密命を下したのは、別当の覚雲である。
ただし、手を下すのは伝右衛門ではない。
密命を果たすべき人物は、ほかにあった。
鬼役の矢背蔵人介である。
伝右衛門は連絡役にすぎない。
おそらく、橘右近の意向もはたらいているのだろう。
連絡役に徹せよというのなら、そうするだけのことだ。
ただし、懸念すべきことがあった。
――刺客に関わった者はすべて消せ。

右の密命が、追ってもたらされるにちがいないからだ。

伝右衛門の知るところ、弥助に関わった者は雪しかいない。

おなごを斬らぬと公言する蔵人介が拒むことは目にみえていた。

そうなれば、伝右衛門がやらざるを得なくなる。

「できるのか、おのれに」

幕命なのだ。ためらうことはない。

たとい、的に掛ける相手がおなごであろうとも、上から命じられれば役目をやり遂げるだけのはなしだ。

今までもそうやってきた。

わずかも感情を乱さず、やりおおせてきたではないか。

だが、雪を殺めることができるのか。

弥助に利用されただけの娘だ。罪はない。

何よりも、生き別れになった妹と面影が重なっている。

できぬとなれば、役目を降りねばならぬ。

それは伝右衛門にとって、城を去ることを意味していた。

ここまで生かしてくれた土田家を裏切ることにもなる。

伝右衛門は繰りかえし、胸に問いつづけた。

「よいのか、それで」


中奥の御膳所に近い厠《かわや》に潜んでいると、長細い人影が近づいてきた。

すぐそばで足を止めた人影から、ふうっと重い溜息が漏れる。

「調べたぞ。おぬしの言ったとおりだ」

暗闇から、端正な顔があらわれた。

鬼役、矢背蔵人介である。

「弥助なる者、引導を渡さねばならぬ輩のようだな」

伝右衛門はうなずき、物陰から静かにはなしかけた。

「それで、いつおやりに」

「明日か明後日、月の翳《かげ》った晩を狙う」

「ところは」

ふっと、笑いが漏れた。

「調べはついたと申したであろう」

「なるほど。されば、それがしの出る幕はござりませぬな」

わずかな沈黙ののち、蔵人介が身を寄せてきた。

「気になることがひとつだけある」

くぐもった声で囁かれ、伝右衛門は問いかえす。

「何でござりましょう」

「雪というお端下のことだ」

蔵人介に告げられた途端、くっと肩に力がはいった。

「お端下が、どうかなされましたか」

「的の弥助に惚れておる」

「それが何か」

「惚れた弱みにつけこまれ、お局と役者の逢瀬を手引きしておった」

「つまり、こたびの謀事に加担したと」

「ああ、そうだ。上がそうみておるとすれば、雪というお端下の命も風前の灯火《ともしび》となろう。万が一、そうなったとしても、わしは手を下さぬ。おぬしも知ってのとおり、おなごを斬るのはお断りだ」

「ふっ、鬼役どのらしい。ご安心なされ。引導を渡していただくのは、弥助ひとりにござります」

「されば、雪はどうする。おぬしがやるのか」

わずかに、沈黙が流れた。

伝右衛門は、動揺を抑えて聞いた。

「何故、お端下のことをお気になされる」

「従者の串部六郎太が、雪の素姓を調べてきおった。日本橋に大店を構える呉服商の娘らしい」

「ほう」

「おや、調べておらぬとは、おぬしらしくもないではないか」

鋭く指摘され、即座に応じられない。

伝右衛門は、呻くように声を絞りだした。

「忍びくずれの悪党に、たぶらかされたお端下のことなぞ、敢えて調べるまでもござりますまい」

「ほっ、おもしろい。鉄面皮の尿筒持ちが怒りをさらけだしおった。ふふ、まあよかろう。はなしのつづきを聞かせようか」

「ご随意に」

「じつを申せば、雪は養女でな、にわかに信じられぬはなしだが、二年前までは千《せん》住《じゅ》宿で宿場女郎をやっていた」

えっと、声をあげたくなったが、すんでのところで踏みとどまる。

「たまさか旅籠《はたご》で見掛けた呉服屋が磨けば光る石と見抜き、その場で抱え主と談判におよんで身請けしたらしい。見込んだとおり、雪は縹緻良しなうえに賢い娘だった」

あわよくば、大奥にあげる目論見《もくろみ》を携え、呉服商が七ツ口に連れていったところ、幸運にも井川の目に止まり、お端下になることが決まったのだという。

「大奥奉公にあたり、当然のごとく、宿場女郎であった過去は内密にされた。もっとも真実を語ったところで、信じる者などおるまい。宿場女郎が大奥にあがることなど、万に一つもあるはなしではないからな。雪という娘、よくよく幸運に恵まれていたというべきだろう」

伝右衛門は首をかしげた。

「何故、さようなはなしをなさる」

「待て。はなしはまだ終わっておらぬ」

千住宿で宿場女郎をまとめる抱え主から、串部が聞きだしたはなしだ。

「雪という娘は、陸奥の寒村で生まれた。食いつめた百姓の親が、幼い娘を女衒に端金《はしたがね》で売ったのさ。雪には、兄がひとりあった。兄はいつも優しくしてくれ、ひもじいときもおのれは耐え、食べ物をそっと譲ってくれたらしい。女衒に手を引かれて宿場の棒鼻《ぼうはな》を越えるとき、故郷を捨てることは悲しいとも何ともおもわなかった。優しい兄との別れだけが辛かった。七つか八つで売られた娘がな、抱え主に向かって涙ながらに語った身の上話だ」

伝右衛門は、むっつり黙りこんだ。

生き別れになった妹と、たしかに境遇は似ている。

だが、貧困に喘ぐ陸奥に行けば、似たようなはなしはいくらでも転がっていた。

雪が妹のはずはない。

「おぬしも陸奥の生まれだと、風の噂に聞いたことがあったものでな」

蔵人介はすべてを察してでもいるかのように、穏やかに微笑んでみせる。

「同郷の誼《よしみ》ということもある。頑《かたく》なに密命を守り、幸薄い娘を手に掛けることもなかろう。言いたかったのは、それだけだ。弥助のほうは、任せておけ」

物静かに語る鬼役の気配が消えても、しばらくのあいだ、伝右衛門は厠のそばから離れられなかった。

翌日は雨模様で、夜半になっても月はみえなかった。

蔵人介はおそらく、役目をやり遂げたにちがいない。

つぎは自分の番だ。

日付が変わって数刻経ったころ、伝右衛門は大奥の長局に忍びこんだ。

懐中には、鋭く研いだ短刀を呑んでいる。

あたりは漆黒の闇だ。

昼間とは異なり、人の気配はない。

時折、御広敷のほうに、伊賀者が照らす龕灯《がんどう》の光がみえた。

長局まで見廻りに来る者はおらず、お美津の方の部屋へ忍びこむのも難しいことではなかった。

奥医師が申すには、お局の井川はいったん快癒に向かったものの、やはり、症状は重いままだという。あと数日の命ではあるまいかという憶測がひろまり、部屋方たちも暗い表情を隠せなかった。

一方、謀事の黒幕とおぼしき姉小路も、あいかわらず床に臥せったままらしい。

魔が差したとはいえ、みずからのしでかした事の重大さに恐れおののいているのかもしれない。

中臈部屋そのものが、喪に服しているかのように静まりかえっている。
伝右衛門は、命じられたことをやるだけだ。
どれだけ足が重くとも、闇の向こうへ踏みださねばならぬ。
疲れきった部屋方たちは、深い眠りに就いている。
部屋の内に忍びこむ手もあったが、騒がれる公算は小さくない。
伝右衛門は大廊下の床下に潜りこみ、臭気を放つ大下水を通って東端へ向かった。
井戸部屋でしばらく待っていれば、雪が水汲みにやってくるはずだ。
いつも暗いうちからやってきて、ひとりで玄蕃桶に水を移している。
そのときを狙えばいい。
伝右衛門は大下水から逃れ、井戸部屋の片隅に潜んだ。
——ひょう。
建物を覆う金網の外では、風が獣のように吼《ほ》えている。
薄明が近づいてきた。
いくら待っても、雪はやってこない。
やがて、別の部屋のお端下があらわれ、お美津の方の部屋方もやってきた。
雪は来ないようだ。

何かあったのだろうか。

心ノ臓が早鐘《はやがね》を打ちはじめる。

急いで大下水を取ってかえし、天井裏に忍びこんで中﨟部屋の様子を窺った。

雪は部屋にもいない。

長局から脱けだしたのだろうか。

考えられぬことではなかった。

弥助に逢いたい気持ちを抑えかね、鳥籠から脱けだしてしまったのかもしれない。

伝右衛門は天井裏を擦りぬけ、長局から離れていった。

あるはずのない天守を仰ぎ、石垣だけの積まれた天守台の脇を抜けると、西桔橋《にしはねばし》御門の屋根を伝って曲輪《くるわ》の外へ出る。

足が自然と向いたさきは、紅葉山の一角だった。

雪はほとんど溶けてしまったが、枯れ野は青い静寂に包まれている。

しばらくのあいだ、いつものところにじっと佇んだ。

東の空が白みはじめたころ、聞きおぼえのある跫音が背後から近づいてきた。

「円順か」

不吉な予感にさいなまれ、振りむくことすらできない。

「土田どの」

姓を呼ばれても振りむかずにいると、消えいりそうな声が聞こえてきた。

「弥助は死にました。さすが、鬼役さま。瞬殺の一刀、飛ばし首にござります」

円順は空咳を放ち、いっそう声をひそめる。

「まさか、お端下があのような最期を遂げようとは……」

ぴくりと、伝右衛門は耳を動かす。

その気配を察してか、円順はつづけた。

「……お局の井川さまが、譫言《うわごと》でつぶやかれたのでござります。『不覚にも、弥助にそそのかされた』と。お端下の雪はそれを聞き、弥助に利用されたことを悟ったのでござりましょう。哀れと申せば、哀れなはなしで。それにしても、井戸に身を投げるとは、おもいきったことをしでかしたものでござります」

円順は、いつもより口数が多かった。

伝右衛門はことばを失い、ただ、遠ざかる跫音に耳をかたむけるしかない。

白みはじめた空から、一条の光が射しこんできた。

伝右衛門の頬に、ひと筋の涙が流れおちる。

「……雪」

どうして、救ってやれなかったのか。
儚《はかな》げな面影をまぶたに浮かべ、そうおもった。
「いや」
どちらにしろ、雪は死ぬ運命《さだめ》にあったのだ。
手を下さずに済んだのは、神仏のおぼしめしかもしれぬ。
そんなふうに、今はおもうしかない。
振りむいた伝右衛門の顔からは、あらゆる感情が消えていた。
いつもどおり、今日も役目をまっとうしなければならない。
人並みの感情を引きずる者に、尿筒持ちなどつとまるはずはなかった。
気づいてみれば、空はまた灰色の雲に閉ざされている。
綿のような風花が、ちらちらと舞いおりてきた。
「今日は、涅槃《ねはん》であったか」
釈迦入滅《しゃかにゅうめつ》の涅槃会になると、江戸にはかならず雪が降る。
桜もみずに散ってしまった可憐な娘への手向けなのか。
やがて、雪は網目のように降りはじめた。
どれだけ降ろうとも、昼までには溶ける降り仕舞いの雪だ。

何もかもが雪のように消えてしまえば、これほど気の安まることもない。
人影のない紅葉山は、つかのま、死に化粧をほどこしたようになりかわった。

蹴鞠《けまり》姫

出口柳《でぐちやなぎ》に誘われて大門を潜ると、目のまえに極楽がひろがっている。

ここは京の島原《しまばら》、三条大橋《さんじょうおおはし》から四条《しじょう》、五条と南に下がって、朱雀野《すざくの》のなかにある幕府お墨付きの遊廓だ。

東西に走る道筋に沿って格子《こうし》造りの揚屋《あげや》や置屋《おきや》が軒を並べ、暮れ六つになれば清掻《すががき》の音色が賑やかに聞こえてくる。

近くに山門を構える西本願寺《にしほんがんじ》の梵鐘《ぼんしょう》も、おそらく、遊客の耳には届いていまい。

望月宗次郎《もちづきそうじろう》は両手に花と新造《しんぞう》たちを侍《はべ》らせ、値の張る伏見酒を舐めていた。

ここ数日、西門の住吉《すみよし》社に近い馴染みの妓楼《ぎろう》に入りびたっている。

幕臣でもなければ、どこぞの雄藩《ゆうはん》の藩士でもない。一年半近くまえに、江戸からぶらりとやってきた。宙ぶらりんで身許の定まらぬ侍のくせに、何故か上客として扱われている。

なるほど、見目はよい。

鼻筋の通った歌舞伎役者にしてもよいほどの外見で、とにかくもてる。

どことなく得体の知れぬところが、おなご衆の心を擽《くすぐ》るようだ。

「廓《くるわ》遊びにも飽《あ》いたな」

宗次郎は何をおもったか、損料屋《そんりょうや》で借りさせた烏帽子《えぼし》や水干《すいかん》といった公家装束を身に着けた。

さらに、鹿革の沓《くつ》まで履き、中庭へ飛びおりる。

そして、こちらも鹿の滑革《ぬめかわ》を二枚繋ぎあわせた鞠《まり》を手に取るや、ぽんと中空へ蹴りあげた。

「足先をあないに上手に使わはって、ほんに器用なおひとやわ」

宗次郎の優雅な仕種に、新造たちはうっとりしてしまう。

ただ蹴るだけでなく、落ちてきた鞠を易々と足の甲で受け、ふたたび蹴りあげてはまた受ける。足腰の強靭《きょうじん》さなくして、これほど鞠を上手に扱えまい。

しなやかな身のこなしは、剣術の修練によって培われたものだ。

宗次郎は甲源一刀流《こうげんいっとう》の免状を持っていた。

物心ついたときには大身旗本の望月家に預けられ、養父には文武両道に秀でるべく育てられた。ところが、悲劇は唐突に訪れた。養父が次期老中の座をめぐる政争に巻きこまれて切腹を余儀なくされ、市ヶ谷御納戸町の家屋敷は嗣子である兄や養母ともども焼かれてしまったのだ。

悲痛な体験が、宗次郎の人となりに蔭《かげ》を与えている。

それだけではない。

「お江戸の将軍さまのご落胤《らくいん》らしいで」

という噂も、おなご衆のあいだではまことしやかに囁かれている。

いつぞやか、ひと夜の敵娼《あいかた》になった新造に寝物語でうっかり口を滑らせた。そのせいで広まったのだ。

公方家慶がまだ若い頃、名も無き御殿女中に産ませた子であるという。

それを自慢したわけではない。自分が公方の落とし胤《だね》だと知ったときも、そんなものかとおもった程度で、たいした実感は湧かなかった。

ただし、ご落胤だと知られたことで、遊び金には困らなくなった。

島原だけでなく、先斗町《ぽんとちょう》でも祇園《ぎおん》でも、ご落胤のお墨付きさえあれば重宝する。

散々遊んで勘定する段になり、妓楼の楼主に向かって「所司代のほうへまわしておけ」と偉そうに告げてやるのだ。楼主は眉に唾を付けて聞きつつも、言われたとおりに二条城の所司代を訪ね、内々に代金を頂戴して戻ってくると、下にも置かぬ態度で宗次郎を持ちあげた。

幕府の役人どもの渋面を想像しては、ふくみ笑いをしている。

おのれひとりが廓で散財したとて、遊び金などたかが知れたものだ。痛くも痒くもあるまい。そうしたひねくれた考え方は、一度も腕に抱かれたことのない実父への反撥《はんぱつ》からくるものであった。

ともあれ、毎晩のように島原へ繰りだし、廓遊びに飽きると、京の寺社を当て処もなく散策してまわる。

何処の寺社を訪ねても飽きない。

建物や庭にしても、仏像や書画骨董にしても、京には価値の高いものがいくらでもあった。

何といっても、おなご衆のはなすことばが耳に心地好い。

ことに、公家の姫たちの美しさといったら、息を呑むほどだ。

宗次郎はいつしか、美しい姫たちの声を間近で聞きたいと願うようになった。

もちろん、籠の鳥でもある姫たちには滅多にお目に掛かることなどできない。

だが、由緒ある寺社の祭りや儀式のときなどに、時折、みかけることがあった。

寝ても醒めても忘れられぬのは、この春、下鴨《しもがも》神社の祭礼で見掛けた姫の横顔だ。名は知らぬ。蹴鞠《けまり》を家業にする飛鳥井《あすかい》家の娘であることだけはわかっていた。

それゆえ、宗次郎は自分でも蹴鞠をやりはじめた。

足で鞠を扱うのがどれだけ難しいことか、すぐにわかった。

それでも、見よう見まねではじめてみると、なかなかに楽しかった。

人影もまばらな露地や河原で、一晩中、鞠を蹴りつづけたこともある。

飛鳥井家の美しい姫と近づきになりたいがために、蹴鞠の修練を積んできたのだ。

その甲斐あって技の精度は格段にあがり、近頃では曲芸まがいの大技まで披露することができるようになった。

夜も更け、宗次郎は褥《しとね》からひとり抜けだした。

敵娼の遊女は、すやすや寝息を起《た》てている。

涼風のそよぐ廊下に出ると、夜空には大きな月が出ていた。

「中秋《ちゅうしゅう》の名月か」

人々は三方《さんぼう》に供物を積んで月見の宴を張る。あるいは、縁側で燗酒を舐めながら月に願掛けをする。

「この恋情が伝わるように」

宗次郎は満月に祈った。

信心深いほうではないが、たまには神仏を信じてみるのもいい。

そういえば、望月家でも、縁側での月見は欠かせぬ年中行事であったな。

何やら淋しい。

江戸に帰りたくなってきた。

廊下に転がった鞠を拾い、ぽんと蹴りあげる。

鞠は軒を遥かに越え、月に吸いこまれたやにみえた。

そのとき、垣根の狭間から、大きな人影がのっそり近づいてきた。

隻腕《せきわん》の男だ。

「猿彦《さるひこ》か」

丈七尺の大男が丸太のような左腕を伸ばし、宗次郎の首根っこをむんずと摑む。

「たわけ者め、いつまで廓のぬるま湯に浸かっておるのじゃ」

抗う猶予も与えられず、凄まじい力で庭に引きずりおとされた。

「放せ、わかったから、もう放してくれ」

ぱっと手が放れた途端、宗次郎は地べたに尻餅をついた。

猿彦が顔を寄せ、上から覗きこんでくる。

「すっかり都の水に馴染みおって。志乃さまに懇願され、おぬしを連れてきたのがまちがいであったわ」

「ふん、今さら悔いても後の祭りさ」

憎まれ口を叩くと、刃物のような眸子《まなこ》で睨まれた。

「さあ、立て。夜が明けぬうちに、八瀬へ帰るぞ」

ふたりは織部《おりべ》灯籠の脇を擦りぬけ、手入れの行きとどいた庭を突っ切るや、裏木戸から外の闇へ逃れていった。

嬰児《みどりご》の宗次郎は身分を秘されたまま、望月家へ託された。

誰が何のために託したのかは判然としない。興味もなかった。

八年前、養父母を亡くして天涯孤独になったとき、野垂れ死ぬのだろうとぼんやり考えていた。そのとき、手を差しのべてくれた隣人が、将軍家の毒味役を家業とする矢背家の人々だった。

矢背家の家長は蔵人介だが、家を仕切っているのは養母の志乃だ。

親身になって面倒をみてくれた志乃の出自が八瀬にほかならず、猿彦とは親戚筋にあたっていた。

今から一年半ほど前、宗次郎は公方家慶の影武者となって日光社参にしたがうべく、出仕を命じられた。その前に秘匿されていた出自は知っていたが、あくまでも望月家の両親に育てられたとおもっているので、何の感慨も湧かなかった。

影武者という役目がおもしろそうなので命にしたがい、社参の行列にくわわった。

ところが、社参からもどった江戸城で公方謀殺の凶事に巻きこまれた。

危ういところを救ってくれたのが、八瀬童子の末裔でもある猿彦だった。

宗次郎は九死に一生を得て、江戸から逃れるように京へ上ってきた。

猿彦は右腕を肘のさきから失っている。

志乃を襲った刺客に断たれたと聞いたが、定かではない。

屈強な猿彦にとって、腕の一本程度はどうということでもなさそうだ。

ふたりは下鴨《しもがも》神社を過ぎたあたりで土手を下り、高野《たかの》川で水を呑んだ。

すでに、東の空は白んでいる。

北方至近には、比叡山の四明岳《しめいがたけ》が朝靄《もや》に包まれていた。

八瀬の里は四明岳の西麓、高野川に沿って南北に走る敦賀《つるが》街道の山間にある。

谷間を流れる高野川はこの地で細くなり、急激に瀬を夙《はや》める。

ゆえに、山里は八瀬と名付けられた。

のちに天武《てんむ》天皇となる大海人《おおあま》皇子が壬申《じんしん》の乱で背中に矢傷を負った際、この地で湯治をおこなったことに因《ちな》んだ名であるともいう。「矢背」という表記が途方もない歳月を経て「八瀬」に変わったのだ。

その逸話を裏付けるかのように、山里には陶製の大きな竈《かま》風呂が七、八カ所ほどあり、白い湯気を立ちのぼらせている。公家たちのあいだでは洛北の湯治場として知られ、ことに縁の深い近衛《このえ》家の人々は折に触れて訪れるらしい。

川面が曙光《しょこう》に煌めいている。

宗次郎は、眩《まぶ》しげに正面を見上げた。

靄は晴れ、近江との国境を分かつ比叡山の稜線がくっきりみえる。

ふたりはひたすら歩き、ようやく八瀬の地にたどりついた。

山里の一角には、宗次郎が身を寄せる瓦葺きの家がある。

そこには、猿彦が妻子とともに暮らしていた。

妻は真葛《まくず》、子は佐助《さすけ》という。

真葛は八瀬衆と犬猿の仲にある静原《しずはら》冠者《かじゃ》の出で、四年前、行き倒れになっているところを猿彦に助けられた。

詳しいことはわからぬが、一族の反対を押しきってふたりは夫婦になったという。真葛とのあいだに授かった佐助は、三つになる。

可愛い盛りだが、猿彦は息子に体術を教えていた。

月の無い夜をみはからって、裏山へ置き去りにしたこともあったという。

「山狗《やまいぬ》に食われたら、それまでの運命じゃ」

こともなげに語りつつも、息子に向ける眼差しには慈愛が込められていた。

ふたりは家の脇を抜け、村外れにある鎮守《ちんじゅ》の杜《もり》へ向かった。

八瀬天満宮である。

菅原道真《すがわらのみちざね》を祀《まつ》る産土神《うぶすながみ》で、菅公が休んだという腰掛石も見受けられた。

京の町から戻ると、八瀬の者たちは身を浄《きよ》めるために天満宮を訪れる。

猿彦に教えられ、宗次郎もその慣習にしたがった。

大鳥居を潜れば、畦道のような参道がつづき、鬱蒼《うっそう》とした杉林がみえてくる。

石段の手前に聳える大石は背くらべ石といい、脇石の表面には「六尺三寸二分」と刻まれていた。

猿彦の背丈は、大石よりもさらに大きい。

八瀬の男たちは並外れた体格の持ち主で、代々、天皇家の駕籠を担ぐ役目を負ってきた。駕輿丁《かよちょう》をつとめることで、租税も免れている。

「ご先祖の八瀬童子は、この世と閻魔《えんま》王宮のあいだを往来する輿《こし》かきでな、閻魔大王に使役された鬼の子孫とも伝えられておる」

猿彦は、あまり知られていない山里の秘密を口にした。

八瀬童子とは鬼神のことで、不動明王の左右に侍る「こんがら童子」と「せいたか童子」の子孫であるともいう。それを証拠に、八瀬の民は鬼の子孫であることを誇り、鬼を祀ることでも一部では知られていた。

「裏の瓢箪《ひょうたん》崩れ山の一角には、鬼洞《おにがほら》と申す洞窟があってな、都を逐《お》われて大江山《おおえやま》に移りすんだ酒呑《しゅてん》童子が祀られておるのじゃ」

ただし、鬼の子孫であることを公言すれば、都人や比叡山延暦寺の僧侶などからの弾圧は免れない。したがって、村人たちは比叡山に隷属《れいぞく》する寄人《よりうど》として、延暦寺の座主《ざす》や高僧、ときには皇族の輿をも担ぐ力者《りきしゃ》になった。

それだけではない。これは志乃からも聞いていたはなしだが、戦国の御代には禁裏《きんり》の間諜となって暗躍し、闇の世では「天皇家の影法師」と畏怖《いふ》され、絶頂期の織《お》田信長《だのぶなが》でさえも闇の族《うから》の底知れぬ能力を懼《おそ》れたという。

山里は耕地に乏しく、通常、男たちは薪炭作りに精を出し、女たちは大原女《おおはらめ》と同じ装束で頭に籠を載せ、花や柴を町へ売りにいく。

「わしら八瀬の衆ほど、骨のある者たちもおるまい」

猿彦が胸を張るとおりで、六代将軍家宣《いえのぶ》の治世下、比叡山延暦寺と薪炭の材料となる木々の伐採権を争ったこともあった。

これを調停したのが、ときの幕府老中秋元但馬守喬知《あきもとたじまのかみたかとも》である。

八瀬衆の側に立って尽力し、係争を勝訴に導いた。その直後、心労で死去してしまったが、八瀬衆は但馬守の恩に報いるべく、天満宮の内に神社をつくった。毎年十月十日には赦免地《しやめんち》踊《おどり》と称する祭りをおこない、但馬守の見事な采配を村人みなで盛大に祝う。

天満宮に足を踏みいれると、いつも宗次郎は厳《おごそ》かな気持ちになった。心が洗われたようになるのだ。

本殿に祈りを捧げたあと、宗次郎は不安げに口をひらいた。

「例のこと、調べてくれたのか」

「ああ、疾《と》うに調べたさ。近衛家の公達《きんだち》に貸しがあってな」

猿彦は面倒臭そうに応じる。

「飛鳥井依《より》、それが姫の名だ。可愛らしい外見とは裏腹に、かなりのじゃじゃ馬らしいぞ」

「ふふ、さようか」

「おぬしに御《ぎょ》することなどできまい」

宗次郎は煽《あお》られて、生来の負けん気を面に出した。

「高嶺《たかね》の花なら、挑み甲斐もあるというもの」

「夜這いでもかける気か」

「なるほど、それもよい」

墓穴を掘ったとおもったのか、猿彦は横を向いて舌を出す。

「困ったやつだな。どうなっても、わしは知らぬぞ」

「おぬしや八瀬の衆に迷惑は掛けぬ」

宗次郎は真剣な顔で、きっぱりと言いきる。

涼風が境内を吹きぬけ、杉林がざわめきはじめた。


その夜、ふたりは御所へ向かった。

御所を囲む塀には、一匹の猿が潜んでいる。

丑寅《うしとら》の鬼門を守る鬼門封じの猿神だ。

御所の塀は丑寅の角だけが大きく切りとられており、烏帽子をつけた猿神は軒下の目立たぬ暗がりで眸子を光らせていた。

猿が辻とも称するこの一角から、さらに丑寅の方角を遥かに眺めれば、京の都を守護する比叡山延暦寺が控えている。

「猿神に夜這い成就の祈願とはな、罰当たりにもほどがある」

と、猿彦が探るようにみつめてくる。

呆れながらもつきあってくれたのは、少しは期待する気があるからだ。

「止めるなら今だぞ」

「心配御無用、仕上げを御覧《ごろう》じろ」

宗次郎が猿神に手を合わせると、猿彦は苦笑してみせる。

ふたりは御所の塀から離れ、大路を横切った。

周囲には公家の屋敷が連なっている。

そのなかに、飛鳥井家もあった。

急《せ》いた気持ちを見透かすように、猿彦が後ろから襟を摑んでくる。

「どうなっても知らぬからな。飛鳥井家には剣に優れた公達もおると聞く。そもそも、依姫からして、かなりの力量だというからな。捕まって首を刎《は》ねられても、墓はつくってやらぬぞ」

「墓などいらぬ。依姫のせいで命を落とすなら本望だ」

「その無鉄砲さが、おぬしの美点かもな」

猿彦は声を出さずに笑い、ふっと暗闇に消えてしまう。

宗次郎は屋敷の正面に立ち、大きく息を吸った。

「柄《がら》にもなく緊張しておるようだな」

裏手へまわり、塀に刀を立てかける。

鍔《つば》に爪先を引っかけ、器用によじ登った。

「ふん、ちょろいものさ」

塀のうえから空を見上げれば、丸い月が群雲《むらくも》に見え隠れしている。

颪に裾を攫《さら》われ、危うく落ちそうになった。

亥ノ刻を過ぎ、屋敷の内は深閑としている。

絵図面を入手したわけではないが、母屋の所在はすぐにわかった。

犬並みの嗅覚をもってすれば、姫の寝所も容易にわかるだろう。

宗次郎は塀から飛びおり、薄闇に忍んだ。

「久方ぶりだな」

江戸にいたころも、夜這いを仕掛けたことがある。

忍んだ先きは町家でも武家でもなく、廓のなかだ。

吉原《よしわら》遊廓の大見世、相手は吉原一と評された花魁《おいらん》だった。

「……夕霧《ゆうぎり》」

相思相愛となった相手の名を口走る。

商家の若旦那のように放蕩三昧《ほうとうざんまい》ができたのは、夕霧の心を射止めたからだ。

ところが、蜜月のときはつづかず、夕霧は日本橋本町《ほんちょう》三丁目にうだつを上げた薬種問屋の隠居に身請けされることになった。樽代は一千両とも噂され、ほかの遊女たちからは羨望の眼差しを浴びた。

それでも、夕霧は宗次郎といっしょになりたいと願っていた。

辛い別れが待っていると知りながら、身請けを翌日に控えた最後の晩も忍んだ。

そして翌朝、いつもとは逆に、大門を出ていく夕霧を見送った。

そのとき、夕霧に「意気地《いくじ》なし」と囁かれたのだ。

痛烈なひとことが、今も耳から離れない。

宗次郎は男をさげ、爾来《じらい》、吉原に寄りつきもしなくなった。

「夕霧が身請けされたあと、わしは骨抜きになった」

終日《ひねもす》縁側でぼうっとしているかとおもえば、宮地《みやち》芝居で緞帳《どんちょう》役者のまねごとをしてみたり、大道芸の居合抜きで小銭を稼ぐかとおもえば、場末の矢場《やば》で用心棒をやったりもした。

だが、すべてはむかしのはなしだ。

宗次郎は我に返った。

垣根の簀戸《すど》を抜け、中庭にまわりこむ。

朝鮮灯籠の向こうに、母屋の一角がみえた。

依姫の寝所にまちがいない。

雨戸は閉まっておらぬようだ。

沓脱石《くつぬぎいし》のところまで近づき、じっと耳を澄ます。

草履を脱ぎ、廊下へあがった。

跫音を忍ばせ、襖障子を少し開ける。

ごくっと生唾を呑み、内を覗いてみた。

手燭《てしょく》の灯りがちらつき、褥《しとね》がのべてある。

おるぞ。

依姫が寝息を起《た》てていた。

宗次郎はほくそ笑み、そっと屈んで桟《さん》に油を流す。
音もなく戸を開いてみせ、抜き足差し足で褥へ近づいた。
息が荒くなってくる。
勇気を奮いおこし、うえから覗きこんだ。
仰臥《ぎょうが》した姫が目を瞑《つむ》っている。
「……う、美しい」
この世のものとはおもえぬ。
陶器のような肌に触れたくなった。
震える手を伸ばす。
刹那《せつな》、姫の目が開いた。
おもわず、掌で口をふさぐ。
つぎの瞬間、巴《ともえ》投げの要領で投げとばされた。
「うわっ」
宙に浮いたからだが回転し、どしんと背中から落ちる。
息が詰まった。
どうにか半身を起こして振りむくと、鼻先に短刀の切っ先が向けられていた。

「狼藉《ろうぜき》者め、何者じゃ」

夜着を纏った黒髪の姫が、じっと睨みつけてくる。

怒った顔が、また愛らしい。

宗次郎は胡座《あぐら》を掻き、にっと前歯を剝いてやった。

「ほう、笑いおった。妙なやつ」

「わしの名は望月宗次郎。糺森《ただすのもり》でそなたをみつけ、岡惚れをした。それゆえ、夜這いにまいった」

「ほほほ、何と奇妙な盗人じゃ」

「盗人ではない。わしはこれでも侍だ」

「夜這いにまいったのであろう。ならば、盗人ではないか。わらわを盗みにまいったのであろう」

気を殺《そ》がれ、宗次郎は頭を垂れる。

なるほど、猿彦が言ったとおり、ひと筋縄ではいきそうにない。

白刃が、すっと引っこんだ。

「盗人よ、剣術のおぼえは」

「ある。甲源一刀流の免状持ちだ」

「それなら、頼みたい。わらわの望みを聞いてくれたら、今宵の狼藉は水に流そう」

「それだけか」

「と、言うと」

「望みを聞いてやったら、わしとひと夜を過ごすと約束してくれ」

「ほほほ」

姫は袖を口許にあてて笑い、すぐさま、真顔に戻る。

「それは首尾次第であろうな」

ぐっと、宗次郎が身を乗りだす。

「何をすればよい」

「ある公達《きんだち》の足の骨を折ってほしい。できれば、右足がよいな。足の甲を潰すのでもかまわぬし、親指を折ってもよい」

「えっ」

「清水川実友《しみずがわさねとも》。それが公達の名じゃ。期限は三日以内、理由《わけ》は問うな。よいか、やるかやらぬか、ふたつにひとつじゃ」

考える暇もない。

依姫はすっと立ちあがり、滑るように部屋を出ると、廊下の奥に向かって叫んだ。

「くせものじゃ、出会え、出会え」

宗次郎は仰天し、転がるように部屋を飛びだし、庭を突っ切って逃げた。

「ほほほ、ほほほ」

姫の笑い声を背中で聞きながら裏木戸を抜け、漆黒と化した闇の狭間に躍りこんだ。


三日後の夕刻。

宗次郎は覚悟を決め、獲物の背中を追っていた。

柔術のおぼえはないので、見も知らぬ相手の足を折るのは簡単なことではない。

「木刀で叩き折ればよいのだ」

と、猿彦はこともなげに言ってのける。

この男なら、木刀を使わずとも容易《たやす》く足の骨程度は折ってしまいそうだ。

が、猿彦は手助けする気もなさそうだし、宗次郎は手助けを頼む気もなかった。

これは自分が依姫から頼まれたことだ。

見込まれて頼まれた以上、ひとりで成し遂げねばならぬ。

「足の骨を折ったら、つきあってくれるのか」

嘲笑うように問う猿彦には、そうだとこたえておいた。

いや、姫の心を盗んでやると呪文をかけ、必死におのれを鼓舞する。

追っている相手は三人、まんなかを歩くひょろ長い人物が清水川実友だった。

「笙《しょう》、能楽、神楽《かぐら》を家業とする家の嗣子《しし》でな、飛鳥井家と同じ家格の羽林《うりん》家だが、幕府から支給される家禄には九百石と三百石の差がある。次期伝奏《てんそう》役の呼び声も高いとは申せ、飛鳥井家のほうが貰いすぎなのじゃ」

依姫が足の骨を折ってほしいと依頼した理由も、こうした家禄の差に起因する。

貧乏公家からの脱却をはかるためには、手っとり早く家禄の高い家と姻戚になればよい。

「要するに、嫁取りだ。三百石の公家が九百石の公家から姫を娶《めと》れば、それなりの実入りはあろうというもの。無論、家禄の高い相手が申し出を受けいれるわけもない。そこで、無謀な対決を持ちかけた」

「それは」

「蹴鞠競《くら》べじゃ」

蹴鞠を家業とする飛鳥井家に、蹴鞠競べを挑む。

これほど無謀なはなしは、聞いたことがない。

「されど、飛鳥井家は清水川家の申し出を受けた。万が一にも負ければ、依姫を嫁にくれてやらねばならぬ。それでも、申し出を受けたのには理由があった」

「理由とは」

「『玉依《たまより》』なる手鑑《てかがみ》じゃ」

手鑑とはすなわち、書に優れた著名人の書いた古筆《こひつ》の断簡を厚手の紙に貼りつけた折帖《おりちょう》のことらしい。古筆や名筆を鑑賞するために作製されたものだが、古筆鑑定に習熟するための教本としての役割も担う。『玉依』の表には天皇、親王、摂家《せっけ》、平公家《ひらくげ》、歌人などの百数葉が、裏には、経典、名人、書道家流、法親王《ほっしんのう》、高僧、連《れん》歌師《が し》、武家、女筆などの百数葉の古筆が貼付されているという。

「聞くところによれば、筆跡鑑定を得手とする烏丸《からすま》家から浅からぬ縁のある清水川家に伝来した代物だとか。わしにはよくわからぬが、聖武天皇や聖徳太子の書を集めた『藻塩草《もしおぐさ》』などとも並ぶ国の宝らしいぞ」

安土桃山《あづちももやま》のころから、茶の湯とともに古筆鑑賞がもてはやされるようになり、経巻や歌書などの巻子本《かんすぼん》などから一部を切りとった「古筆切」の蒐集《しゅうしゅう》が流行した。手鑑はこうした「切」を台帳に編集したもので、本物であれば、愛好家たちは金に糸目をつけずに買いもとめ、武家や公家においてはたいせつな嫁入り道具にもなるという。

「清水川家に伝わる『玉依』なる手鑑を、飛鳥井家が欲しがっておるのか」

「そうじゃ。飛鳥井家の当主は代々、和歌の撰者でもあってな、古筆切とは関わりも深い。『玉依』ほどの手鑑ならば、喉から手が出るほど欲しいはず」

「姫を賭ける価値があるのか」

「ある。『玉依』の名は、下鴨神社の祭神である玉依姫 命《ひめのみこと》に由来する。依姫も同じ玉依姫命に因んでつけられた名じゃ。それゆえ、以前から狙いを定めていたのだとか」

そこへ、渡りに舟の申し出があった。

蹴鞠競べである。

「誰もが飛鳥井家の勝ちを信じておるようだが、当の姫君だけはそうではなかった」

「ゆえに、蹴鞠競べに挑む清水川実友の足の骨を折ってほしいと頼んだのか」

「ふふ、よほど嫁ぎたくないのだろう。まあ、わからんでもないがな」

猿彦の調べによれば、清水川家の御曹司は素行の芳しくない人物だという。

「悪い仲間と夜な夜な花街へ繰りだしては、ああして遊び歩いておるようだ」

実友の両脇には、公卿《くぎょう》の家格としては一番下の半家《はんけ》の公達ふたりが控えている。

「ひとりは竹辻氏治《たけつじうじはる》、弓箭《きゅうせん》を家業とする家の次男坊だ。そして、もうひとりは五井兼仲《ごいかねなか》、こっちは琵琶《びわ》を家業とする家の三男坊でな、ふたりとも公卿のあいだでは鼻つまみ者で通っておる」

実友は乱暴な鼻つまみ者どもを両脇にしたがえ、先斗町の茶屋街へ足を踏みいれた。

鴨川と高瀬川のあいだ、木屋町《きやまち》の小路を進み、紅殼《ベンガラ》格子の茶屋へ消えていく。

宗次郎は、川縁で待ちつづけた。

京都二条から伏見にいたる高瀬川は、慶長《けいちょう》期に角倉了以《すみのくらりょうい》が二年余りかけて開削した堀川だ。平底船の高瀬舟が行き交う。伏見から淀川《よどがわ》経由で大坂へ向かい、炭や材木を京へ運んでくる。

薄闇のなか、入京する舟を舟曳きたちが懸命に曳いていた。

川縁には船溜《ふなだまり》や船倉が並び、舟子たちの長屋も見受けられる。

一刻ほど経って、あたりがすっかり暗くなったころ、実友たちは茶屋から出てきた。

「ちっ」

猿彦が舌打ちをする。

三人は酔っており、大声で唄いながら千鳥足で歩きはじめた。

高瀬川の川縁で立ち小便をし、通りかかった遊客にからみだす。

「まさか、辻強盗でもやる気ではなかろうな」

猿彦の言うとおり、三人は商人風の男を脅して巾着ごと奪うや、別の茶屋へしけこんでいった。

「ひどい連中だ。足の骨の一本や二本折ったところで罰は当たらぬぞ」

斬ってもよいとおもうほど、宗次郎は三人の振るまいを嫌悪する。

自分も廓好きのだらしない男だが、弱い者を脅して金銭を奪うほど落ちぶれてはいない。

「公卿の子弟なんぞは、ああしたものさ。いちいち目くじらを立てていたら、きりがない。わしなら放っておくがな。洒落ではないが、骨の折り損というやつさ」

さらに半刻ほどして、三人が茶屋から出てきた。

酔いを醒まそうとでもいうのか、夏には夕涼みの床が並ぶ四条河原へと繰りだしていく。

そして、何と、三人で蹴鞠をやりはじめた。

鴨川の水面に、月が溶けている。

——ぽん、ぽん。

鞠を蹴る軽快な音を聞きながら、宗次郎は駆けだす機会を窺った。

「上手いな。滅多に鞠を落とさぬ。しかも、足許のおぼつかぬ河原石のうえだ」

酔っているとはおもえぬ体さばきは並みではなく、依姫の不安が的中するかもしれぬとおもうほどであった。

「さあ、どうする」

猿彦に問われ、宗次郎はうなずいた。

やらずばなるまい。

懐中から狐の面を取りだし、顔につける。

「狐面か。それでは、獲物がようみえまい」

「うるさい。かまうな」

捨て台詞を残し、宗次郎は土手を駆けおりる。

帯には大小を差していない。

差しているのは木刀だった。

三人はすぐさま気づき、蹴鞠を中断する。
「おや、刺客のようでおじゃる」
呑気《のんき》に発したのは、うらなり顔の実友だ。
竹辻氏治は少し離れ、楊弓《ようきゅう》を構えた。
五井兼仲は何が可笑しいのか、嗤《わら》いつづけている。
——びゅん。
氏治の放った矢が、顔の正面に飛んできた。
「うっ」
咄嗟に避《よ》けたところへ、兼仲が駆けてくる。
流木のようなものを片手で握り、頭上でぶんぶん回している。
公達とはおもえぬほどの怪力ぶりだ。
——びゅん。
弦音《つる》とともに、二の矢が飛んできた。
さきほどより接近したせいか、狙いは正確だ。
——がつっ。
矢が面の端を削った。

鬢《びん》のうえも浅く削られ、からだを後ろに持っていかれそうになる。痛みよりも、驚きのほうが優った。

「そりゃ」

兼仲の振りかぶった流木が、頭上に襲いかかってくる。横飛びに飛んで躱し、河原のほうへ走った。

たまらずに、面を外す。

視野のさきに、川を背負った人影がみえた。

「ぬひゃひゃ、痩せ侍め」

実友が笑いながら、腰の太刀を抜きはなった。

反りの深い剛刀が、月光を映して煌めきを放つ。

「どうせ、飛鳥井家の者に雇われたのであろう」

実友は言いはなち、滑るように間合いを縮めてきた。

宗次郎の手には木刀しかない。

「くそっ」

低い姿勢から踏みこみ、突きをくれてやった。

刹那、実友はふわりと宙に浮き、背後に舞いおりる。

宗次郎の経験したことのない動きだ。
ともあれ、尋常ならざる手練《てだれ》にちがいない。
「はっ」
踵《かかと》を軸にして回転し、木刀で臑を刈りにいく。
ふわりと、実友はまた宙に飛んだ。
木刀でかなう相手ではない。
宗次郎は死を意識した。
相手を舐めすぎたのだ。
こうなれば、逃げの一手を打つしかない。
幸い、実友の間合いからは逃れている。
宗次郎は何をおもったか、身に着けた着物を脱いだ。
「ほう、裸踊りでもしてみせるのか」
笑った実友に隙を見出し、木刀を投擲《とうてき》する。
「ふん」
実友は仰け反りながらも、木刀を弾いてみせた。
と同時に、宗次郎はくるっと踵《きびす》を返す。

えいとばかりに、鴨川に飛びこんだ。

「ひゃっ、逃げおった」

実友が叫び、氏治は三の矢を放ってくる。

存外に、鴨川の流れは夙《はや》い。

川面に浮かぶ月が揺れ、舟となってこの身を運ぶ。

冷たい水は心をも冷やし、宗次郎を硬直させた。

「くそっ、失敗《しくじ》った」

口惜しさが涙となり、眸子から溢れてくる。

「とんだ茶番につきあわされたな」

きっと、猿彦はそう言うにちがいない。

「わしはいったい、何をしておるのだ」

流されながら自問自答したところで、こたえはみつかりそうになかった。

依姫が三日の期限を定めたのには理由がある。

夜這いから四日目にあたる本日午刻、蹴鞠競べが催される運びになっていたからだ。

蹴鞠には最低でも四人の鞠足《まりあし》が参じるが、このたびの対決は一対一でおこなうものとされていた。

清水川実友に対するのは、飛鳥井家の嗣子で依姫の兄の雅重《まさしげ》である。

宗家を継ぐ者として蹴鞠の技には熟達していたが、茄子《なす》のような外見からしてひ弱な印象は拭えない。虫を愛《め》でるのが好きな心根の優しすぎる公達なのだ。

それでも、依姫の命運は兄の足技に掛かっている。

兄妹の父親である飛鳥井家の当主はとみれば、宝物の『玉依』を手に入れんと前のめりになっていた。

無論、蹴鞠競べにはそれ相応の舞台が用意されている。

高櫓《たかやぐら》のうえに設えられた清水寺《きよみずでら》の舞台だ。

江戸表においては神事の相撲が本所の回向院《えこういん》で開催されるのと同様、勧進《かんじん》の一環として幕府も容認したらしい。関白《かんぱく》をつとめる鷹司《たかつかさ》家の許しも得ているようだった。

野次馬たちは舞台上にあがれず、奈落の底から見上げるしかない。

まさに、意表を衝かれた設定というべきだろう。

舞台上には、飛鳥井家と清水川家の主立《おも》った面々が集まっている。

ただし、女人禁制とされたので、依姫のすがたはない。

宗次郎は野次馬のなかに紛れていた。

下から舞台はみえぬものの、刻々と変わる上の情況は物見《ものみ》高い連中の口を通じて伝わってきた。

本来、蹴鞠は鞠壺《まりつぼ》と呼ぶ囲いのなかでおこなう。広さは参じる鞠足の数に応じて三間四方から七間半四方まであり、鞠壺のなかには砂を敷きつめ、四隅には高さ一丈五尺の元木を置く。丑寅《うしとら》に桜、辰巳《たつみ》に柳、未申《ひつじさる》に楓《かえで》、戌亥《いぬい》に松と木の種類も決まっており、木の高さが鞠を蹴りあげる目安とされた。

一対一で闘うこのたびの蹴鞠競べは、ひとりで三足ずつ蹴って鞠を落としたほうが負けになる。すなわち、一足目は受け鞠、二足目はみずから蹴る鞠、三足目は渡す鞠となり、すべては鞠壺の内でおこなわねばならない。鞠が外に出たら負けとなり、元木を大きく越えたり、半分程度の高さまで届かなくても負けとなる。

ただし、蹴り方に制約はない。たとえば、鞠に回転をくわえてもよかった。

要するに、回転をくわえて蹴りあげる技に習熟しているほうが優位となる。

飛鳥井家に伝わる秘伝のなかには、蹴り方に変化をつける技がいくつかあった。

下馬評ではもちろん、飛鳥井雅重の優位は動かない。

じつは、公卿から町人まで多くの者が金を賭けていた。

そのことが勝負の趨勢《すうせい》を左右しようとは、飛鳥井家の面々は想像もできなかったようだ。

いよいよ開始される段になり、舞台上にどよめきが起こった。

水干姿で歩きだした雅重が、利き足の右足を引きずったからだ。

のちに判明したことだが、昨日、昼の日中に市中を歩いていたところ、何者かに矢を射られ、脹《ふく》ら脛《はぎ》に傷を負ったらしかった。

おそらく、飛鳥井家の負けに賭けた者の差しがねであろう。

だが、証拠はない。

雅重は怪我のことを父に隠した。

それでも勝てると、高をくくっていたのだ。

雅重は顔色も悪く、みるからに精彩を欠いている。

対する実友のほうは、涼しい顔をしていた。

だからといって、今さらあとには引けない。

雅重は東の堂上口《とうしょうぐち》に立ち、実友は南の地下口《じげぐち》に立った。

双方ともに蹲踞《そんきょ》し、先攻となる実友のほうが蹲《つくば》いながら進む。

そして、まんなかに置いてあった鞠を右手拇指《おやゆび》と人差し指で摘みあげ、蹲った姿勢のまま三歩退いて立った。

雅重も同じ位置に立ったところで、本番がはじまった。

ぽんと、実友が鞠を高く蹴りあげる。

この上鞠《あげまり》が開始の合図だった。

落ちてきた鞠は、雅重が受けねばならない。

利き足の右ではなく、左足で受けた。

上手に跳ねあげ、二足目の蹴りを挟み、三足目で相手に蹴りかえす。

すべて、左足の技だ。

さすがに宗家だけあって、左足での蹴りも修練しているらしい。

落ちてきた鞠を、こんどは実友が受けた。

容易に受け、こちらも二足目を挟んで、軽快に三足目を蹴りかえす。

ただし、鞠には回転が掛かっていた。

これを目敏《めざと》く見破り、雅重は右足で受ける。

「うっ」

痛みのせいで、声が漏れた。

それでも、無難にさばき、二足目を挟んで三足目を蹴りだす。

みている飛鳥井家の面々は命の縮むおもいだろう。

下から見上げる野次馬には、鞠足のすがたはみえない。

ただし、鞠が宙にあがる様子はみえた。

――ぽん。

と、鞠の弾む音も聞こえる。

そのたびに、掛け声が発生した。

「ありゃ」

「おう」

と、鞠足と同じ掛け声をあげる。

蹴鞠は唐土《もろこし》から伝来し、平安期に隆盛を極めた。爾来《じらい》、名足と呼ぶ達人を多く生んできたが、なかでも「蹴聖」と評されるのは、藤原成通《ふじわらのなりみち》であった。蹴鞠の上達のために千日修行の誓いを立て、誓いが成就した晩、三匹の猿に身を変えた蹴鞠の精が夢にあらわれた。猿たちは、各々、名を夏安林《げあんりん》、春陽花《しゅんようか》、秋園《おう》と言い、それが鞠を蹴る鞠足の掛け声になった。

「ありゃ」

「おう」

雅重と実友の掛け声は、いつ果てるともなくつづいている。

奈落の底から聞こえる野次馬の掛け声は、ときに鞠足を鼓舞し、ときに邪魔もした。

それでも、ふたりは互角の争いを繰りひろげ、鞠は一度たりとても砂のうえに落ちることはない。鞠壺から大きく外れることもなく、回数を重ねていった。

舞台上にある両家の者たちは気が気でない。

行事役の見証も、首を何度も上下させている。

すでに、数は百回を超えたにちがいない。

こうなると、体力がものを言う。

怪我をしている雅重には疲れの色がみえた。

額には脂汗が浮かび、脹《ふく》ら脛《はぎ》に縛りつけた布には血が滲んでいる。

それでも、宗家の公達は痛みに耐え、歯を食いしばって鞠を蹴った。

「ありゃ」

勝負の三足目は、左足ではなく、右足で蹴りあげる。

足首を巧みに捻り、鞠に揺れるほどの回転を与えていた。

宗家伝来の奥義を使って、勝負に出たのだ。
このひと蹴りをもって、右足はほぼ使えなくなった。
相手に受けられたら、一巻の終わりとなる。
はたして、実友は受けた。
このときを待っていたかのように受けるや、二足目を挟み、三足目の蹴りを見舞う。
「ありゃ」
こちらも、凄まじいばかりの回転が掛かっていた。
雅重は、これを左足で受ける。
欄干の手前だ。
刹那、支えの右足が折れたようになり、雅重はよろめいた。
そのまま、欄干まで後退し、ふっと消える。
奈落の底へ落ちたのだ。
「ひゃああ」
見物人たちから悲鳴が湧きおこる。
だが、欄干の下には、あらかじめ漁師の網が張ってあった。

雅重は網に救われ、命を長らえたのである。

勝者となった実友は呵々《かか》と嗤《わら》い、大音声をあげた。

「今よりひと月ののち、吉日を選んで結納を」

ぽんと蹴られた鞠が、遥か蒼天の高みから落ちてくる。

宗次郎は口をぽかんと開け、鞠が落ちてくる様子をみつめていた。

愛しい依姫が実友のものになるのかとおもえば、歯軋りしたくなってくる。

だが、今の自分には何ひとつできない。

地べたを転々とする鞠をみつめ、喩《たと》えようのない虚しさにとらわれていた。


鬱々《うつうつ》としながら、ひと月が経った。

秋の彼岸に咲いた曼珠沙華《まんじゅしゃげ》は枯れ、山里では美男葛《びなんかずら》や梅擬《うめもどき》が深紅の実をつけはじめている。

蹴鞠競べ以来、宗次郎はおのれに嫌気がさしていた。

依姫のことが忘れられない。清水川実友にくれてやるくらいなら、姫と刺しちがえて死んだほうがましだとすらおもった。

独りよがりの恋情は募り、気づいてみると、飛鳥井家の中庭に忍びこんでいた。

夜。

明日は飛鳥井と清水川の両家が結納に定めた日、依姫は最後の晩をどのような気持ちで過ごすのか。それをおもうと、やりきれない気持ちになる。

ただ、すべては宗次郎の得手勝手な恋情にすぎない。

依姫が同じような恋情を抱いているはずはなかった。

何せ、夜這いと称して会ったのは、一度きりだ。

奇妙な盗人のことなど、忘れてしまったにちがいない。

それでも、宗次郎は行動を起こさねばならぬと考えていた。

命を賭してでも、結納を阻まねばならぬと、そうおもっている。

みずからの決意を確かめるべく、依姫のすがたをもう一度目に焼きつけておきたかった。

垣根の簀戸を抜けると、金木犀《きんもくせい》の芳香が漂ってくる。

宗次郎は足を忍ばせて進み、朝鮮灯籠の陰に身を潜めた。

部屋の襖障子は閉まっている。

廊下の片隅には三方が置かれ、丹波《たんば》産の勝栗《かちぐり》が山積みにされていた。

月見の仕度であろうか。

衣擦れとともに、人の気配が近づいてくる。

廊下の端にあらわれたのは、薹《とう》の立った侍女であった。

「依姫さま、お召し物はいかがにござりましょう」

侍女が膝をたたんで傅《かしず》くと、襖障子が音もなく開いた。

目にも鮮やかな着物の裾が、薄暗がりから差しだされる。

白足袋につづいて、十二単衣《ひとえ》を纏った垂髪《すべらかし》の依姫があらわれた。

「うっ」

神々《こうごう》しい。

あまりの美しさに、宗次郎は声を失った。

「お似合いにござります。ことに、裾模様の竜胆《りんどう》が」

侍女の指摘に微笑み、依姫はわざと口を尖らせる。

「重いのう。たかが結納ごときで、かほどに着物を重ねねばならぬのか」

「何を仰います。武家の娘でもあるまいに、平常のような小袖と打掛というわけにはまいりませぬぞ。それに、結納ごときなどと、仰るものではありませぬ。ご結納を滞りなく済ますことができねば、生涯にたった一度の晴れ舞台とも申すべきご婚礼にはいたりませぬ」

「あたりまえのことを申すでない。承知しておるわ。ただ、十二単衣は重いと、正直に申したまでじゃ」

侍女はあからさまに溜息を吐き、依姫の背後に控える縫い子たちに細々と指示を与えはじめる。

しばらくそうしたやりとりを眺め、宗次郎はそっと庭から離れた。

裏木戸から外へ出ると、頭上に月が煌々と輝いている。

「後《のち》の月か」

長月十三夜は、わずかに欠けた月を楽しむ。

中秋の名月を愛《め》でて後の月を愛でぬのは、片月見《かたつきみ》と称して忌み嫌われた。それゆえ、人々は三方に供物を積んで月見の宴を張り、月に願掛けをする。

「賀茂建角身命《かもたけつぬみのみこと》よ、わがおもい遂げさせたまえ」

信心深くもない宗次郎が、真顔で月に語りかけた。

賀茂建角身命は、玉依姫命とともに下鴨神社の祭神である。社家《しやけ》流という蹴鞠の流祖でもあり、下鴨神社では毎年正月に蹴鞠初めの儀式がおこなわれていた。

大路を横切り、御所の猿が辻までやってくる。

――ばさっ。

羽音とともに、大きな鳥が御所の甍を越え、月に向かって飛んでいった。

賀茂建角身命《かもたけつぬみのみこと》の化身、三本足の八咫烏《やたがらす》であろうか。

今からでも遅くはない。

宗次郎は決意を固めた。

「やってやる」

腰に差した刀の柄に手を添える。

御所の塀をめぐり、未申《ひつじさる》の方角へまわりこんだ。

お花畑を通りすぎ、清華《せいが》家に属する西園寺《さいおんじ》家の裏手へ踏みこむ。

めざすさきは、清水川家だ。

正門のまえに、大きな人影が佇んでいる。

猿彦であった。

「やはり、来おったな。あきらめきれぬのか」

「ああ」

「実友は屋敷におらぬぞ。悪党仲間とともに、今宵も先斗町へ繰りだしておるわ」

ならば、先斗町へ向かうだけのはなしだ。

宗次郎が踵を返すと、猿彦も従《つ》いてきた。

「飛鳥井雅重の脹ら脛を矢で射抜いたのは、半家の竹辻氏治じゃ。茶屋で自慢げに喋っておったらしい」

もちろん、実友に依頼されてやったことだろう。ただし、いまさら証明《あかし》は立てられない。実友たちの企みは見事に功を奏し、結納を済ませれば、依姫は清水川家へ嫁ぐことになる。

「実友は性根が腐っておる。依姫が幸福《しあわせ》になることは、万にひとつもあるまい。結納を阻むことができるのは、おぬしだけだ。されど、わかっておるとおもうが、ひと筋縄ではいかぬぞ。実友のそばには、弓自慢のほかに力自慢もおる。何といっても、実友自身が京八流《きょうはち》の手練じゃ」

「京八流」

源義経《みなもとのよしつね》が陰陽師《おんみようじ》の鬼一法眼《きいちほうげん》から盗んだといわれる剣術流派だ。成りたちの真偽はともかく、体術に優れた者の操る流派にまちがいない。

「案ずるな。舐めてかからねば、恐れるに足りぬ相手さ。要は、心の持ちようじゃ」

猿彦に言われなくてもわかっている。

宗次郎はふたたび、腰に差した刀の柄に触れた。

後の月に導かれ、先斗町へやってきた。

鴨川のせせらぎとともに、水の冷たさが蘇ってくる。

今宵こそは不覚を取るわけにいかぬ。

かたわらには、猿彦という心強い助っ人も控えていた。

「連中は馴染みの茶屋で酒盛りじゃ」

結納の前祝いが悲劇に転じることを、公達どもはまだわかっていない。

小路の陰に潜んでいると、茶屋の表口が賑やかになった。

案の定、酒に酔った実友たちが外へ飛びだしてくる。

「わしが獲物を生け簀《す》に追いこんでやる」

猿彦は不敵な笑みを浮かべた。

公達たちは幇間《ほうかん》らしき者の襟首を摑まえ、笑いながら引きずりまわし、仕舞いには高瀬川に蹴落とす。

「ひゃはは、河童《かっぱ》のまねでもしてみやれ」

下のほうに流されてきた幇間を、猿彦が片腕で救いあげた。

公達三人はこれを目敏くみつけ、慎重に近づいてくる。

一方、宗次郎は猿彦に言われたとおり、少し離れた物陰から様子を窺った。

「もしや、八瀬の男かや」

発したのは、まんなかの実友だ。

ほかのふたりは警戒し、左右に分かれていく。

「帝の駕輿丁づれが何故、木屋町にいやる。そこな幇間を川に落とせ。われら公達に逆らえば、重い罪に問われようぞ」

猿彦はこたえず、大股で間合いを詰めていった。

「氏治」

実友に呼ばれた氏治が、楊弓に矢を番《つが》える。

「止まらねば放つ」

実友の脅しに屈するような猿彦ではない。

止まらずに、どんどん迫る。

――びゅん。

氏治が矢を放った。

矢は筋を曳き、顔面に当たる寸前で払いおとされた。

「こやつめ、ぬおっ」

川縁のほうから、力自慢の五井兼仲が襲いかかってくる。
だが、猿彦の敵ではない。
にゅっと伸びた左手が、兼仲の喉首を摑んで持ちあげた。
「……ぬぐっ、ぐぐ」
何と猿彦は、俵ふたつぶんはありそうな巨体を軽々と片手で宙に持ちあげる。
兼仲は息を詰まらせ、すぐに白目を剝いた。
——びゅん。
そこへ、二の矢が飛んでくる。
猿彦は咄嗟に、兼仲を盾にした。
ぐさっと、尻に矢が突きささる。
それでも、兼仲は覚醒しない。
地べたに抛《ほう》られても、起きあがってこなかった。
「ひぇっ」
氏治が楊弓を捨て、こちらに尻を向けて逃げた。
猿彦は風のように走り、苦もなく追いつく。
氏治の襟首を摑み、高々と抛りなげた。

「ふわああ」

藁人形のように飛んだ氏治が、高瀬川に落ちて水飛沫をあげる。

これを見定め、実友は脱兎のごとく逃げだした。

猿彦は、にやりと笑う。

「ふふ、あとの始末はおのれでやれ」

宗次郎も物陰から離れ、河原のほうへ向かった。

空には、わずかに欠けた赤い月がある。

待ちかまえていると、実友が慌てふためいたようにやってきた。

宗次郎に気づき、足を止める。

「誰かとおもえば、狐面の痩せ侍ではないか」

「さよう。おぬしの命運は今宵で尽きる」

「誰に雇われた。飛鳥井家の者か」

「いいや、誰にも雇われておらぬ」

「笑止な、みずからの意志と申すか」

冷笑を浮かべる実友の問いにたいし、宗次郎はぐっと胸を張る。

「さよう。『正義の名において、この世の悪を成敗すべし』と、教えてくれた御仁がおってな」

「誰じゃ、そやつは」

「鬼役矢背蔵人介、と言っても、おぬしは知るまい。知ったところで意味はなかろう。何せ、おぬしは地獄へ堕ちる運命《さだめ》なのだからな」

「小癪《こしゃく》な。地獄へ堕ちるのは、おぬしのほうじゃ」

実友は、ずらりと刀を抜いた。

宗次郎も、身幅の広い刀を抜きはなつ。

「まいるぞ」

「おう」

実友は滑るように間合いを縮め、ふわりと宙に飛んだ。

「同じ手は二度と食わぬわ」

宗次郎はすかさず、脇差を投擲《とうてき》する。

不意を衝かれた実友が、袈裟懸けに脇差を叩きおとした。

と同時に、宗次郎の繰りだした逆袈裟の一撃が、相手の首筋をとらえる。

「ぬきょっ」

白刃であれば、首は半分ちぎれていた。

夥《おびただ》しい鮮血が月を濡らしたことだろう。

首筋に触れる寸前、刀は峰に返されていた。

どさっと落ちた実友は、ぴくりとも動かない。

ただし、死んではいなかった。気を失っただけだ。

一方、宗次郎も無事ではない。

左肩に浅傷《あさで》を負わされていた。

「ふん、甘いな」

猿彦が、いつのまにか背後に立っている。

「峰に返さねば、傷を負わずに済んだものを」

皮肉を口走りながらも、満足そうに微笑んだ。

「こやつを生かしてくれたおかげで、おもしろい趣向が浮かんできた」

三人まとめて裸にし、橋の欄干から吊《つる》してやるのだという。

「悪事をかさねれば、とどのつまりはこうなる。公達どもの蛮行には、町家の衆も困っておったからな。よいみせしめになるであろう。神仏のお仕置きじゃ。罪状を列挙した捨て札の末尾には『猿神』とでも記しておこう」

月を背負った猿彦が、いつにもまして大きくみえる。

宗次郎は納刀した。

夜の河原に、鍔鳴《つばな》りが小気味好く響いた。


翌日。

宗次郎は旅仕度を整えた。

「やはり、江戸へ戻るのか」

猿彦はめずらしく、しんみりとした調子で尋ねてくる。

宗次郎もほんとうは淋しかったが、京の都にも飽きたと嘘を吐いた。

すっかり懐いた佐助も、行ってくれるなと大泣きした。

と、そこへ、花売りに向かったはずの真葛が、文を携えて戻ってきた。

「ほれ、おぬしに宛てた文じゃ」

猿彦の手から渡された文の宛名は、流麗なおなごの筆跡だった。

馴染みになった廓の女には、八瀬の所在を告げていない。

誰から届いたのか、すぐに見当はついた。

飛鳥井家の依姫以外には考えられない。

「まさか」

猿彦は、わざとらしく驚いてみせる。

悪党公達どもを橋に吊したのが誰の仕業か、猿彦が報せる以外に依姫が知る術はないのだ。

ともあれ、宗次郎は期待に胸をふくらませ、文を開いてみた。

――今夕申ノ刻　糺森にて　かしく
短い文面だが、緊張で震えたような「かしく」という末尾の文字が、依姫の揺れる心情を物語っている。

「艶書《えんしょ》じゃねえか」

後ろから覗きこみ、猿彦がからかった。

京を起《た》つのは、明朝と決めている。

延ばす気はない。

東海道を歩くのではなく、大坂湊《おおさかみなと》から樽廻船《たるかいせん》に便乗する。

すでに段取りを組んでいたので、この機を逃すわけにはいかぬ。

だが、ひと夜の猶予があった。

最後の夜を公家の姫と同じ褥で過ごす。

それこそ、夢にまでみた光景ではないか。

こちらの気持ちを読み、猿彦が口を挟む。

「会って礼が言いたいだけかもしれぬぞ」

「そんなわけがあるまい」

もし、そうであったとしても、ことば巧みに抱きよせ、依姫の心を盗んでみせる自信はある。

「京の名残《なごり》、ひと夜の契り、旅に出ちまえば後腐れもなし、ってことか」

羨ましいやつだなと猿彦に背中を押され、宗次郎は八瀬の里をあとにした。

高野川に沿って、飛ぶように進む。

下鴨神社までは、さほど遠くない。

土手には、吾亦紅《われもこう》が群棲していた。

賀茂川と合流するあたりに、鬱蒼とした杜がみえる。

下鴨神社だ。

山城《やましろ》国の一ノ宮、平安遷都ののちは王城鎮護の神として崇《あが》められた。

敷地は築地《ついじ》塀で囲まれた御所よりも広い。

糺と称する森は、人の嘘を見抜くことから名付けられた。

鳥居を潜ったら、おのれに嘘を吐くことは許されない。

森のなかには、南北に参道が通っている。

参道の奥には東西二棟の本殿があり、ほかにも幣殿《へいでん》、舞殿《まいどの》、橋殿《はしどの》など二十五棟の社殿がある。本殿の造りは切妻造《きりづまづくり》の屋根を長く延ばした流造《ながれ》で、向かって右の東側には玉依姫命、左の西側には賀茂建角身命が祀られていた。

宗次郎は、糺森に踏みこんだ。

息を深く吸うと、森羅万象《しんらばんしょう》のひと粒となって溶けていく。

木々に包まれていると神聖な気持ちになり、よこしまな考えなど吹きとんでしまう。

木漏れ日を浴びながら、涼やかな風の吹きぬける参道を歩いた。

かたわらに流れる御手洗《みたらし》川のせせらぎが、耳に心地好い。

川岸には、みたらし団子を売る茶屋がみえる。

糺河原とも呼ぶあたりだ。

清流の流れる木陰は、夏の終わりには納涼の地となる。

川は御手洗《みたらし》池に通じていた。末社である御手洗社の祭神は瀬織津姫命《せおりつひめのみこと》、御手洗池はみそぎ祓《はら》いの斎場となる。矢取神事《やとりしんじ》とも呼ぶ夏越祓《なごしのはらえ》には厄除けの人形を池に流し、氏子の男子が中央に立てた斎串《いぐし》を奪いあった。

そして、一年でもっとも大きな祭事は、卯月《うづき》の中酉《なかのとり》に催される。葵祭《あおいまつり》だ。

千二百五十年ほどむかしの欽明《きんめい》天皇の御代、賀茂神《かものかみ》の祟《たた》りを静めて五穀豊穣《ごこくほうじょう》を祈念したのがはじまりという。

公卿たちの風雅な行列は御所を発し、下鴨神社まで都大路を練りあるく。天皇の勅使が乗る御所車をはじめ、網代《あじろ》の牛車《ぎっしゃ》や供人たちが長蛇の列となって粛々と進む。目を瞑れば水干《すいかん》姿の牛童《うしわらわ》たちが浮かび、耳を澄ませば車輪の軋む音が聞こえてくる。

文に記された約束の刻限は近い。

宗次郎は、はたと足を止めた。

頬を抓《つね》ってみる。

からかわれているのではないかと疑った。

首を横に振り、さらに参道を進む。

はたして、大きな杉の根元に、依姫は佇んでいた。

たったひとりで眸子を瞑り、森の声にじっと耳をかたむけている。

あまりに神々《こうごう》しく、宗次郎は金縛りにあったように動くことができなくなった。

何故か、目から涙が零《こぼ》れてくる。
進もうとしても、足を踏みだすことができない。
おそらく、触れることはもちろん、喋りかけることさえできないのであろう。
それでもいいとおもった。
ただ、遠くから眺めているだけでいい。
どれだけのあいだ、みつめていたであろうか。
夕暮れが近づき、依姫はうつむいたまま歩きだした。
一歩踏みだそうとして、おもいとどまる。
呼びかけようにも、干涸《ひか》らびた喉に声が貼りついて出てこない。
会ってはならぬ。
会って契りを交わせば、永遠の瞬間《とき》を失ってしまうにちがいない。
この瞬間を美しいものとして脳裏に留めおきたいのなら、声を掛けてはならぬ。
依姫は、すぐそばを通りすぎていった。
大きな杉が死角となり、こちらには気づかない。
あるいは、気づかぬふりをしていたのかもしれない。
暮れなずむ鳥居を潜り、依姫は淡い光に溶けてしまった。

「これでいい。これでよかったのだ」

と、宗次郎は漏らす。

おかげで、京で一番の思い出ができた。

深閑とした薄闇のなか、うなだれながら参道を戻りはじめた。

猿彦はきっと、腹を抱えて笑うであろう。

存外に意気地なしだなと、笑われるに決まっている。

それだけが口惜しいとおもいつつ、とぼとぼと山里への道をたどった。


翌、未明。

宗次郎は、鴨川に架かる三条大橋に立った。

胸を躍らせて京入りした日が、まるで、昨日のことのようだ。

猿彦の一家とは、八瀬天満宮にお詣りしたあとで別れた。

不覚にも涙を零《こぼ》し、目に焼きつけたい里山の風景が霞んでしまった。

帰路は伏見から十六文払って三十石船《さんじっこくぶね》に乗り、宇治《うじ》川から淀川へと渡り、大坂湊から樽廻船に乗せてもらう。

帆に順風を孕《はら》ませれば、江戸までは十日と掛からずに到達できるであろう。

懐かしい気持ちよりも、京を離れる淋しさのほうが今は大きい。

わざわざ、東海道の起点となる三条大橋へやってきたのも、少しでも長く居つづけたいためだった。

いまだ明け初《そ》めぬころから、旅立つ者はかなりおり、見送りの人々と名残を惜しんでいる。

宗次郎を見送る者はいない。

そんなことはわかっている。

だが、せめて日の出を眺めてから出立したいとおもった。

やがて、東の空が白々と明けてきた。

長月にはいってからは長雨がつづいたものの、今日は好天に恵まれそうだ。

「ん、あれは」

大原女であろうか。

手拭いを巻いた頭に花籠を載せた娘が、橋の向こうから近づいてくる。

何気なく注目していると、娘は橋の手前で花籠を置いた。

間合いは、半丁ほどあろうか。

腰を伸ばした娘は、何か丸いものを抱えている。

「鞠か」

おもわず、声を漏らした。

「ありゃ」

突如、娘は疳高い声を発し、鞠を蹴りあげる。

「おっ」

宗次郎は仰け反った。

ぽかんと口を開け、蒼天を振りあおぐ。

鞠は大きく弧を描き、こちらめがけて落ちてくる。

――どすっ。

つぎの瞬間、ひろげた両手に鞠の重みが響いた。

「……よ、依姫」

鹿革の鞠を抱いたまま、宗次郎はつぶやく。

侍女も連れずに、わざわざ見送りにきてくれたのだ。

だが、依姫らしき娘はひとことも発せず、橋の手前から近づいてもこない。

伝えたいのは感謝なのか、それとも恋情なのか、よくわからなかった。

ただ、引きとめたいという気持ちがあるのだけは確かだ。

今が終わりではなく始まりだというのに、どうして旅立ってしまうのか。
おそらく、姫はそう言いたいのだろう。
ふたりを繋ぐ鞠には、さまざまなおもいが詰まっている。
だが、宗次郎に迷いはない。
橋の向こうに戻るつもりはなかった。
よこしまな気持ちを貫けば、懲らしめた公達と同じになってしまう。
身を焦がすような激情は、かそかな恋情へと変わりつつあった。
依姫との思い出は、やはり、美しいまま取っておきたい。
宗次郎は満面に笑みを浮かべ、抱えた鞠を宙に浮かせた。
――ぽん。
渾身《こんしん》の力で蹴りあげる。
高々と舞いあがった鞠は豆粒になり、澄みわたった秋空に吸いこまれていった。

現《げん》の証拠《しょうこ》

一

卯月《うづき》、不如帰《ほととぎす》の初音《はつね》を聞いた。

江戸から大坂に来て、二度目のことだ。

十五になった矢背鐵太郎《やせてつたろう》の眼前には、堂島川《どうじま》がゆったり流れている。

川向こうの中之島《なかのしま》には、白壁の蔵屋敷が軒を並べていた。

百二十を数える藩の国許で収穫された米が中之島に集められ、値をつけられたのちに積みだされる。堂島川や島向こうの土佐堀《とさぼり》川を行き交う荷船の数が半端でない。

船荷は泉州《せんしゅう》湊から千石船に積みかえられ、江戸方面へ運ばれていくのだ。

鐵太郎は杏《あんず》色の夕陽を背負い、大川に架けられた難波《なんば》橋をめざしている。

ふと、おはるのことばをおもいだした。

「こんど、すみよっさんへお参りに行かへん」

恥じらいながらも懸命に発せられたことばに、胸がときめいた。

「いかん、いかん」

米代金の出納《すいとう》を扱う堂島の掛屋《かけや》で先月ぶんの薬代を貰い、適塾《てきじゆく》のある船場《せんば》瓦町《かわらまち》へ戻るところだ。

鼻先には米市の喧噪《けんそう》がある。

米相場を動かす仲買人たちが鎬《しのぎ》を削るところだ。一日に何万両もの取引がおこなわれる。かといって、米俵が積んであるわけではない。売買されるのは各藩の蔵屋敷が発行する米切手だ。仲買人たちは「指頭《しとう》」を駆使し、藩の蔵米に値をつける。

鐵太郎は、米市の喧噪が好きでたまらない。

堂島の米市には、大坂商人の意地と誇りが渦巻いている。

公方の毒味役をつとめる矢背家の長男に生まれ、数年前までは何の疑いもなく家業を継ぐつもりでいた。ところが、剣術に優れた者でなければ、矢背家の当主になることは許されない。

鐵太郎は幼いころから、剣術の稽古よりも本を読むことが好きだった。

あるとき、自分に剣の才がないのに気づいた。跡取りに向かぬと悟り、大坂で医術を究めようと決めたのだ。

母の幸恵は別離を悲しんだが、祖母の志乃と父の蔵人介は理解してくれた。

大坂へ来てからは、瓦町に診療所を開いた緒方洪庵《おがたこうあん》のもとに身を寄せ、蘭学と医術を学んでいる。

蘭学は原書を読むのも苦にならなくなったし、近頃は代診も任されていた。

洪庵の信頼を得ているという自信が、親許を離れて暮らす鐵太郎の気持ちを支えている。

おはるは町医者の娘で、数年前から洪庵の手伝いをしていた。

齢《とし》は十七、華奢《きゃしゃ》な見掛けとはうらはらに芯が強く、医術の知識は誰よりも豊富だ。診療はもちろんのこと、刑死人の腑《ふ》分《わ》けにも平然と立ちあい、塾生たちの誰よりも役に立つと、洪庵もみとめている。

朗《ほが》らかで可愛らしい娘だが、おはるを意識したことはなかった。

それだけに「お参りに行かへん」と誘われたときは驚いた。

驚きすぎて、何と返事をしたかもおぼえていない。

おはるのことをおもうと、まわりの景色がみえなくなってしまう。

「いかん、いかん」

鐵太郎はつぶやき、米市に足を踏みいれた。

「ぼやぼやしとったら、尻《けつ》の毛を抜かれるど」

さっそく、誰かに毒づかれた。

仲買人たちの勇ましい掛け声が、そこいらじゅうに飛び交っている。

商いは早朝から夕方までつづき、米価は刻々と変化していった。目を血走らせた仲買人たちは取引に熱中しすぎて、柄杓《ひしゃく》で水を撒《ま》かれても取引が終わったことにすら気づかない。生き馬の目を抜くとは、まさに、米市の商いに関わる連中のことだ。

いやが上にも好奇の心をそそられ、鐵太郎は素通りできなくなった。

人々の活力を肌で感じるべく、賑わいのなかに敢えて身をさらす。

「邪魔や、邪魔や」

怒声に振りむけば、荷車が猛然と突っこんでくる。

「うわっ」

横飛びに逃れた瞬間、どんと誰かの肩にぶつかった。

「あほんだら、気いつけんかい」

鯔背《いなせ》な優男《やさおとこ》にすごまれ、お辞儀をして謝る。

「堪忍してください」

「おお、許したる。おまはん、お侍か。大坂ちゅうとこは、お侍が大手を振って歩ける町とちゃうんやで」

優男は言いたいことを言い、人混みに消えていった。

鐵太郎も米市から逃れ、難波橋の橋詰めへたどりつく。

太鼓橋のまんなかまで歩き、左手の欄干に近づいていった。

正面には大坂城が聳え、遥か彼方には生駒山《いこまやま》の稜線がみえる。

天満《てんま》橋手前の八軒屋に目を移せば、京から淀《よど》川を下ってきた乗合舟がちょうど桟橋に着いたところだ。

天満橋の向こうは、渺《びょう》として物淋しい。

大塩平八郎《おおしおへいはちろう》の乱で焼け野原になった影響だろう。

後ろを振りむけば、眼下に中之島の蔵屋敷が連なっている。

中之島は堂島川と土佐堀川に挟まれた中州で、日没間近になると島も川も燃えるような朱に染まった。

島は幅こそ狭いが、東西に細長い。甍《いらか》が雲と連なる蔵屋敷は、加賀前田《かがまえだ》家や肥《ひ》前鍋島家《ぜんなべしま》などの雄藩《ゆうはん》になると三千坪から四千坪の広大さで、藩主が参勤交代の途上で宿泊する御屋形を抱えている。いずれの藩も二艘の荷船がすれちがうことのできる船入《ふないり》を持ち、米蔵と米蔵の狭間には米売場も見受けられた。好天の日は乾燥する目途で米俵が堆《うずたか》く積まれるため、壮観このうえない景色となる。

中之島から南寄りに目をやれば、土佐堀川を挟んで船場の風景も一望にできた。北は道修町《どしょうまち》、南は博労町《ばくろうちょう》、東は東横堀川、西は心斎橋《しんさいばし》筋まで、おおよそ四十間四方がひとまとまりになった町のことだ。

水捌《みずは》けの悪い土地らしいが、紛れもなく商いの中心である。

東横堀川に架かる二番目の太鼓橋は、流麗さを誇る高麗《こうらい》橋であろう。

江戸の日本橋や京の三条大橋と並ぶ天下の名橋で、橋のそばには岩城枡《いわきます》屋呉服店と三井《みつい》呉服店が堂々と軒を並べていた。

適塾のある瓦町は、そのさきにある。

難波橋のうえから眺める日没の光景が、鐵太郎は何よりも好きだ。

空を仰げば、ぽっかり浮かんだ雲も茜色に染まっている。

その雲が、おはるの恥じらう顔にみえた。

「いかん、いかん」

何気なく、懐中を探る。
「あっ」
ない。
掛屋の旦那から預かった薬代がない。
落としたのだろうか。
全身の毛穴が開き、冷や汗がどっと溢れてくる。
走って堂島へ戻り、地を這って探しまわった。
どれだけ探そうと、あるはずがない。
拾った金は自分のもの、落とした金はあきらめるしかないのだ。
──あほんだら、気いつけんかい。
突如、優男の怒声が耳に蘇ってくる。
「あいつに掏《す》られたのか」
鐡太郎はそれと気づいた途端、膝を射抜かれたようにくずおれた。

二

落ちこんだ顔で適塾へ戻ってみると、何やら表口が騒がしい。

霍乱《かくらん》の患者でも運ばれてきたのだろうか。

急いで表口へ踏みこむや、おはるに呼びつけられた。

「鐵太郎さま、早《はよ》うこちらへ」

導かれた客間では、洪庵と顔色の優れぬ老人が対座している。

塾頭の佐山寅彦《さやまとらひこ》が鐵太郎を目敏くみつけ、隣に座るようにと手招きした。

おはるに背中を押され、塾頭の隣に座る。

どうやら、老人は何らかの病を患っており、洪庵に診てもらうために訪れたらしかった。

老人の後ろには、茶筅髷の人物が控えている。

浜田良順《はまだりようじゆん》。蘭学嫌いの漢方医で、適塾の敷居をまたいだのは、無論、はじめてのことだ。

老人の齢《よわい》は、還暦を超えたあたりであろう。

佐山から「中之島の名代《みょうだい》や」と耳打ちされた。

名代は中之島の地主で、何処かの藩に土地を貸している。大坂では大名旗本に土地は与えられず、蔵屋敷は町人地に建っていた。当然のごとく名代は金満家にほかならず、町役《ちょうやく》などをつとめる者も多い。

おそらく、良順のたいせつな患者にちがいない。病がすすんで良順の手に余るようになり、名代本人の希望で蘭方医のもとへ意見を聞きにきたのだろう。

一見すればわかる。容態は芳《かんば》しくない。

「こほっ」

洪庵は総髪《そうはつ》を揺らし、空咳を放った。

重大なことを告げるときの前振りだ。

部屋に集ったすべての者が、洪庵の薄い唇《くち》もとに目を貼りつけた。

「胸に腫瘍ができております。腫瘍とは岩のごときかたまりですな。これを速やかに取りのぞかねばなりませぬ」

「げっ」

驚いてみせたのは、患者本人ではなく、良順のほうだった。

「胸を裂いて、ほんでもって、岩を取りのぞくっちゅうことかいな」

「いかにも」

「正気の沙汰やないな」

薄い瞳に怒りの色が浮かんでいる。

「まさか、腑分けのまねごとをするのやおへんな」

「良順どのの仰るとおり、胸を切開して膿《うみ》を出さねばなりませぬ」

「およよ、噂はほんまやったわ。人さまのからだを刃物で切り刻むなどと、神仏をも恐れぬおこないや」

たまらず、塾頭の佐山が口を挟む。

「薬湯では治せぬ病も、先生は治しておしまいになられはります」

余計な口を挟むでないとでも言いたげに、洪庵は咳払いをしてみせる。

「切るか切らぬかは、あくまでも、ご本人のご意志次第でございます」

すると、名代が苦しげに言った。

「……せ、先生、痛みがしんどいのでおます。この痛みが無《の》うなると、お約束していただけまっしゃろか。わてはまだ死にとうおまへん。岩さえ除いたら、命は長らえますのんか」

「少なくとも、痛みは消えましょう。命を長らえるかどうかは、お気持ちひとつにございます」

淡々と応じる洪庵の態度には微塵の揺らぎもない。

名代はうなずいた。

「ようわかりました。覚悟ができましたら、お報せいたしますよってに」

「お待ち申しあげております」

良順は納得できない様子で、名代に文句を漏らす。

「診てもらうだけと仰ったに、何ですの」

「まあまあ、そう仰らずに」

洪庵が静かに諭した。

「良順どのが悪いのではない。悪いのは腫瘍にござる。腫瘍を除いたあとは、貴殿の処方なさる薬湯が効力を発揮いたしましょう」

名代と漢方医は、すっかり意気消沈した体《てい》で帰っていった。

毅然とした洪庵の対応に、鐵太郎は薬代を掏られたことも忘れていた。

三

薬代を掏られた件は塾頭にこっぴどく叱られたものの、おはるは同情してくれた。掏るほうが悪いと肩を持ってくれたので、何やらこそばゆい気持ちになった。

それから三日後の夕刻、血だらけの男が戸板で担ぎこまれてきた。担いできたのは、たまさか道修町の往来で行きあった車夫たちだ。

「喧嘩に巻きこまれたんや。破落戸《ごろつき》に脇腹を刺されてな」

九寸五分《くすんごぶ》が左の脇腹に刺さったまま残っている。

鐵太郎は一見しただけで、急所は外れていると判断した。

「右の脇腹なら、肝《かん》ノ臓《ぞう》を破られていたかもしれぬ。不幸中の幸いだったな」

洪庵は往診で留守にしているが、この程度の刃物傷なら手当はできる。

それを見越したように、おはるが凜《りん》とした声で言った。

「矢背先生、お願いします」

患者の面前では、いつも「先生」と呼ばれる。

当初は恥ずかしかったが、今はもう慣れた。

「それでは、台のうえに寝かせてください。おはるどのは晒《さら》しと湯を」

と言いかけて、口を噤む。

わざわざ指図するまでもなく、おはるは仕度に取りかかっていた。

男は気を失っていたが、台に寝かされた途端、ぱっと目を醒ます。

「うえっ、どこやここは」

起きあがろうとして、強烈な痛みに襲われた。

「くそっ、痛え」

足をばたつかせたので、鐵太郎は車夫たちに声を荒らげた。

「手足をしっかり押さえてくれ」

刺された男は必死の抵抗をこころみ、仕舞いにはおはるに叱りつけられた。

「ここは適塾です。今から短刀を抜きますから、じっとしていてください。ほら、動いたらあきません」

迫力に屈したのか、男はじっと動かなくなる。

どこかでみたような顔だが、咄嗟にはおもいだせない。

鐵太郎は、慎重に短刀を抜いた。

びゅっと、血が噴きでてくる。

「ひっ、助けてくれ」

男は血をみて蒼白になり、失神しかける。

「眠ったらあかんよ」

ぴしゃっと、おはるが平手打ちをくれた。

車夫たちはびっくりする。

「えらい勇ましいおなごやで」

と、呆れたように囁《ささや》いた。

——治療のときは鬼になれ。

という洪庵の教えを、おはるはちゃんと守っている。

鐵太郎が止血の手当を済ませると、おはるが手際よく晒しを巻いてくれた。

痛みが和らいだのか、刺された男はやっと落ちつきを取りもどす。

おはるは帳面と筆を手にし、まっすぐ相手の目をみて問いかけた。

「それでは、お名をお聞かせください」

男は面倒臭そうに応じた。

「仙吉《せんきち》や」

「お住まいは」

「そこらへん」

「ふざけんと、ちゃんと教えてください」

「新町《しんまち》のそばの順慶町《じゅんけいまち》や」

そのとき、鐡太郎はおもいだした。

この男に堂島の米市で肩をぶつけられたのだ。

仙吉と名乗る男は、あのときの巾着切《きんちゃっきり》にまちがいない。

「おい、この顔にみおぼえはないか」

鐡太郎が顔を差しだすと、男はぎょっとして身を離す。

「何やあんた、びっくりしたがな」

ほんとうに、おぼえていないらしかった。

ここはひとつ、単刀直入に切りこむしかない。

「三日前、堂島の米市で薬代を掏ったであろう」

仙吉は眸子《まなこ》を剝き、傷口を押さえながら怒鳴りあげた。

「何やと、もういっぺん言うてみい。わてが巾着切やと。どこにそないな証拠《あかし》があるんや」

懸命に否定する態度から推すと、まちがいあるまい。

おはるは驚きを禁じ得ぬ様子で、横から口を挟んだ。

「薬代を掏ったら、罰が当たりますよ」

「うるせえ」

と言いつつも、仙吉は申し訳なさそうな顔をする。

どうやら、根っからの悪人ではないようだ。

もちろん、掏ったことは認めようとしない。

「因縁つけとるんか。医者でも容赦せえへんで」

「やれやれ」

鐡太郎は溜息を吐くしかなかった。

埒《らち》があかないので、おはるが助け舟を出してくれる。

「犯した罪を知るのは本人だけや。もう済んだことやし、先生のみまちがえかもしれへん」

「まあな」

鐡太郎は素直にうなずいた。

悪行は神仏にしかわからない。今さらこの男を番所に突きだしても、迷惑がられるだけのはなしだろう。

「もう帰っていいぞ」

あっさり言いはなつと、仙吉は狐につままれたような顔をした。

「お代は」

「この程度の傷で治療代を取ったら、洪庵先生に叱られる」

「ええんか」

「ああ、いいさ」

「ほな、さいなら」

仙吉は表口でお辞儀をし、ぺろりと舌を出したあと、足早に去っていった。

四

午後は塾生同士で刺絡《しらく》の稽古をやった。皮下の静脈を針で刺し、悪い血を抜くのである。

そこへ、兄弟子を気取《けど》る庄助《しょうすけ》がやってきた。

「ふん、不器用なやっちゃな」

庄助は侍ではない。道修町にある薬種問屋の倅《せがれ》だ。蘭書もまともに読めず、医術の知識も乏しい。

にもかかわらず、兄弟子風を吹かせていた。

実家が金持ちなので、貧乏な塾生たちに飯をおごったりする。それゆえ、仕方なくつきあっている連中もいた。

できそこないであることは洪庵もわかっているのだが、資金難の適塾にとっては有力な後ろ盾の子ゆえに、預かった以上は粗略にできない。いわば、腫れ物のようなものだが、本人は気づいていなかった。

「わてはおまはんが気に食わんのや。家は江戸の旗本のくせして、蘭学なんぞ学びくさって」

塾生に身分の区別はない。侍の子も町人の子もなく、序列は年季の古い順と決まっている。それをよいことに庄助は威張りちらしており、どちらかと言えば世間知らずで不器用な鐵太郎は顔を合わせればからかわれた。

迷惑な手合いだが、相手にする気にもならない。

おはるがみかねて、ふたりのあいだに割ってはいった。

「庄助はん、おやめください。塾生いじめは御法度でっしゃろ」

「ほほう、おはるは侍が好きなんやな」

「好きとか嫌いとかのはなしとちゃいます」

おはるは涙ぐみ、その場からいなくなる。

腹は立ったが、ぐっと堪えた。

——隠忍自重《いんにんじちょう》。

父に言われたことばをおもいだしたのだ。

自分の代わりに毒味役の後継者になってくれた卯三郎《うさぶろう》は、今ごろ血の滲むような修行をおこなっているところであろう。

それにくらべたら、これしきの屈辱などたいしたことではない。

「気に障ったようなら、このとおり謝りますよ」

ぺこりと頭を下げると、庄助は鼻白んだ顔で去った。

鐵太郎も部屋から出て、おはるを捜した。

勝手のほうにもいないので、外に飛びだし、東横堀川へ向かう。

桟橋のみえる土手の傾斜に、おはるはぽつんと座っていた。

「おはるどの」

名を呼ぶと、綿毛のようにふわりと振りむき、手招きをしてくれる。

「もしかして、あたしが泣いていたとおもいはったん。ほら、このとおり、泣いてなどいまへん」

「ああ、そうみたいだな」

「ここにお掛けやす」

言われたとおり、隣に座る。

「川風が気持ちよろしいなあ。もうすぐ灌仏会《かんぶつえ》。お江戸でもお寺では花御堂《はなみどう》をこさえはるのやろ」

「ああ、牡丹や石楠花《しゃくなげ》で派手に飾る。甘茶《あまちゃ》を貰ってきて墨を磨《す》り、虫封じの札も書くしな」

「江戸のおひとは初鰹を十両で買《こ》うて聞いたけど、ほんまですか」

「十両は大袈裟だが、貧乏人でも見栄を張って平常の三倍や五倍の値で買う」

「あほらし、ほんま」

「初物を食べれば寿命が延びる。江戸の連中は、一日でも長く生き延びたいのさ」

「ふふ、おもろいですなあ」

おはるは土手に咲いた小さな花を摘み、くるくる掌でまわしはじめた。

「この花、何かわかりはります」

「現の証拠」

「またの名を、医者いらず。下痢止めの妙薬やいいますな」

草を天日で干し、煎じて呑めば、すぐに効き目がある。

梅鉢のかたちをした小さな五弁花で、おはるの手にある花の色は淡い紅色だった。

「江戸に咲く現の証拠は、たいてい白い」

「へえ、そうなんや」

おはるは白い花を想像したのか、空を仰いで微笑んだ。

「まだ幼いころ、お父はんに効能を教えてもらいました。えろう感心してもうて。道端に咲いた花も、人の病を癒やすことができるんやておもいました。それから、人知れず道端に咲く花が愛おしゅうなりました。牡丹や石楠花もきれいやけど、現の証拠のほうが、あたしは好きなんや」

「そうだったのか」

「あたしのお母はんは、胸に大きな痼《しこ》りができて、それが痛うてたまらず、最期は苦しみながら死なはった。お父はんは医者なのに、何ひとつ手の施しようがなかったんです。洪庵先生のことを知ったんは、お母はんを亡くしたあとでした。お父はんは、もう少し早う出会《でお》うていればと、運命を呪いました。それでな、あたしはどうしてもとお願いして、洪庵先生のもとでお手伝いさせてもらうことになりました。

患者はんが痛がってはるのをみると、お母はんのことをおもいだします。一刻も早う痛みをとってあげたいって、そうおもいますのや」

鐵太郎は、おはるをいっそう好きになった。

これほど志の高い娘に、出会ったことはない。

「妙なはなしを聞かせてしまいました。堪忍」

「とんでもない。だいじなはなしを聞かせてもらって、このとおり、礼を言う」

頭を下げると、おはるは恥ずかしがった。

「それにしても、あの巾着切、根っから悪い人でもなさそうやったね」

「ふむ、そうだな」

それきり、会話は途切れた。

ふたりは暮れなずむ川面に背を向け、肩を並べて塾へ戻っていった。

五

卯月八日、灌仏会。

適塾に「刺された男」がやってきた。

「先生、ちいと顔を貸してくれへんか」

気軽に声を掛けてきたのは、巾着切の仙吉だ。

「おかげさんで、傷もすっかり治ったし、先生に御礼をせなあかんおもうてな。ま、従《つ》いてきて」

拒むほど忙しくもなかったので、何の気なしに背中にしたがった。

仙吉は堺筋《さかいすじ》をまっすぐ南に向かう。

あまり足を運んだことのないところだ。

暮れなずむ道沿いには夕市が立っており、人の行き来は激しい。

「順慶町や。そのさきに井戸がある。身請けされた遊女が足を洗う井戸や」

遊女と聞いて、心ノ臓がばくばくしはじめる。

井戸の辻から右手の西へ向かえば、新町《しんまち》の大門へ行きつく。

行ったことはなくとも、それくらいのことは知っていた。

新町は江戸の吉原や京の島原と並ぶ遊廓にほかならない。

仙吉は井戸の辻から右手に曲がり、袖を靡《なび》かせながら新町橋へ向かう。

まさに、遊冶郎《ゆうやろう》の面持ちだ。

「仙吉さん、待ってください。何処へ向かうのですか」

「極楽浄土にきまっとるやないか」

橋を渡った西詰めには、大門が聳えている。

「ぞめきや。張見世の遊女を眺めてまわるだけやがな」

招じられるがままに、大門を潜りぬけた。

眼前には、光と音の渦巻く「極楽浄土」がひろがっている。瓢簞町《ひょうたんまち》、新京橋町《しんきょうばしちょう》、新堀町《しんぼりまち》、佐渡島町《さどしまちょう》、吉原町の五廓を中心にして町は碁盤の目に配され、なかでも九軒町《きゅうけんちょう》の『吉田屋《よしだ》』という揚屋は敷居の高いことで知られていた。表口十二間（約二十二メートル）、裏行六十間（約一〇九メートル）というからすごい。

大路に目を向ければ、長柄《ながえ》の傘をさしかけられた太夫《たゆう》が練りあるいている。

「運がええ、太夫道中や」

船場の旦那衆や接待客を呼びこむための揚屋は、贅《ぜい》のかぎりが尽くされていた。

「東に川、西に海、南北には遠山。東西ふたつの大門を抱えた新町は、日の本一の水楼や。新町の揚屋に勝るものはあれへんで」

遊女の色気と意気地も絶品だと、仙吉は自慢する。

「太夫は夏でも小袖と打掛を纏《まと》うてな、分厚く着飾ってるんや」

寝所では高価な縮緬の単衣を纏い、茶碗と紙燭《しそく》を手に持ち、蚊帳《かや》のなかで飛びまわる蚊を焼きおとす。

「それがな、蚊焼《かやき》いう遊びや。艶《なま》めかしいこと、このうえなしやで」

さすがに、遊治郎は何でもよく知っている。

足をすくませていると、襟首をむんずと摑まれた。

「おまはん、筆下《ふでおろ》しを済ませてへんのかいな」

鐵太郎が赤面すると、仙吉は指をさして笑いころげる。

「なら、ちょうどええ。わてが段取りしたるさかい」

「堪忍してください」

「いいや、堪忍でけへん。おまはんは、わての命を助けてくれた。命の恩人に報いな、罰が当たる。こうみえても信心深い性分でな、ぬへへ」

袖を摑まれ、大路を引きずられた。

そこからさきは、よくおぼえていない。

軒行灯が頭上に列をなし、遊女たちの嬌声と化粧の匂いが混然一体となって襲いかかってきた。

「さあ、着いたで。まずは、どんちゃん騒ぎや」

佐渡島町の『丁子屋《ちょうじ》』という屋号だけはわかった。

二階座敷に連れていかれ、あれよというまに上座へ持ちあげられる。艶《あで》やかな衣装を纏った新造と幇間があらわれ、新造たちは左右に侍《はべ》ってさっそく酌をしはじめた。

「まあ、ゆっくり呑んだらええ。太夫は遅れてきはるよって」

新造の酌で盃をすすめられ、ほろ酔い気分になってきた。

幇間の芸や新造の踊りをみせられても、いっこうに馴染めない。

「どや、ええもんやろ。これが極楽ちゅうもんや」

適当に相槌を打ち、すすめられるがままに酒を呑む。

いよいよ、見世の御職《おしょく》を張る太夫があらわれた。

「橋立《はしだて》やで」

衣擦れとともに、妖艶な太夫が近づいてくる。

化粧が厚すぎて、面立ちはよくわからない。

「新町一の太夫や」

仙吉はここぞとばかりに、声を張った。

太夫は正面に座らず、鐵太郎の斜め後ろに座る。

軽くお辞儀をしながら、手をそっと握ってきた。

「あっ」

それだけで、息が詰まりそうになる。

「もう、いかん」

尿意を感じて、鐡太郎は席を立った。

厠《かわや》で夜風に当たると、妙に頭が冴えてくる。

「くそっ、何をやっておるのだ」

高窓から夜空を仰げば、月が煌々と輝いていた。

ふと、おはるの顔が頭に浮かんでくる。

「すまぬ、おはるどの」

鐡太郎は座敷へ戻らず、足を忍ばせて大階段を降りた。

下足番に雪駄を出してもらい、揚屋の外へ逃れる。

暖簾を分けて出てきたさきで、誰かに名を呼ばれた。

「やっぱりそうや、鐡太郎やないか」

驚いて振りかえると、適塾でいっしょの庄助が立っていた。

「おまはん、揚げ代が払えるんか。それとも、大金でも拾うたんか。ぬひゃ、ぬひゃひゃ」

よりによって、厄介な相手と遭遇したものだ。

おそらく、神仏がお怒りになっているのだろう。

鐵太郎は黙って踵を返し、人混みに身を隠そうとする。

大門から飛びだすや、後ろも振りむかずに駆けだした。

六

翌朝から、おはるは口をきかなくなった。

庄助が告げ口したのだ。

言い訳はできない。

鐵太郎は鬱々としながら、今日も堂島の掛屋へ行き、旦那から薬代を貰って戻ってきた。

表口にはいるなり、塾頭の佐山に怒鳴りつけられた。

「何をぐずぐずしとんのや。今から葭嶋《よしじま》へ向かうで」

忘れていた。葭嶋とは千嶋《ちしま》新田と堀川のあいだにある刑場のことだ。

今宵は刑死人の腑分けがある。そのことを、すっかり忘れていた。

「ぼやぼやすな」

どんと肩をぶつけてきたのは、庄助だ。

へらへら笑っている。

斬ってやろうかとおもった。

痩せても枯れても、自分は鬼役の子だ。

莫迦にするのもたいがいにしておけと胸の裡《うち》に叫び、みなの背中につづいた。

淀橋に着くと、乗合舟が待っていた。

艫《とも》には『適塾』と書かれた旗が翩翻《へんぽん》とひるがえっている。

洪庵は旗のかたわらに座り、いつものように悠然と総髪を靡《なび》かせていた。

舳先には、おはるもいる。

近づくと、目を逸《そ》らされた。

やっぱり、怒っているのだ。

遊女とは何もなかった。そんなつもりはなかったのだと、大声で言い訳したい気分になった。

陽は落ちて、あたりは薄暗くなりはじめている。

「庄助、町奉行所の届け出は済ませてあるな」

「へえい」

塾頭の佐山に念押しされ、庄助は面倒臭そうに返事をした。

形式のうえでのこととは言え、公儀に届け出なければ腑分けはできない。

薬種問屋を営む実家は町奉行所に顔が利くので、届け出をおこなう役目は庄助に任されていた。

十数人の塾生たちが乗りこむと、舟はぎしぎし軋みをあげた。

「ほな、出発や」

栈橋から静かに滑りだし、群青色の川面に水脈《みお》を曳いていく。

行き先はさほど遠いところではない。

次第に川幅は狭まり、丈の高い葭が覆いかぶさるほどに迫ってきた。

刑場にたどりつくと、どんよりと瘴気《しょうき》が漂っている。

地べたはぬかるんでおり、少し歩いただけで泥だらけになった。

行く手には篝火《かがりび》が焚かれている。

朽ちかけた小屋が佇んでおり、刑死人の世話をする者たちが待っていた。

腑分けに立ちあう役人はいない。

刑死人は小屋のなかに運ばれ、大きな台のうえに寝かされている。といっても、斬首されたので、首のない胴体だけだ。

首のほうは、別の台に載っていた。

「道頓堀次郎兵衛《どうとんぼりじろべえ》長屋、くめ、六十二歳、窃盗および殺し……」

淡々と発せられる老婆の行状を、みなはむっつりと押し黙ったまま聞いている。

あらかじめ定められたとおり、塾生たちは二手に分かれ、一方は頭を、一方は胴および四肢を腑分けしはじめた。

鐵太郎も斬れ味の鋭い刃物を握った。

皮膚を深々と裂けば、五臓六腑が露《あらわ》になる。

魚をさばくようなわけにはいかぬが、知への飽くなき探求心はあらゆる負の感情を払拭《ふっしょく》してくれる。

塾生たちは臓や腑の名を呼び、指をさしては確認していった。

洪庵は病に冒されやすい部位などを指摘し、解体したものを紙に描かせる。

描くのがいちばん上手なのは、鐵太郎だった。

いつもなら、おはるが褒めてくれるのだが、そばにも寄ってこない。

そうした様子を、庄助はさも面白そうに眺めていた。

塾生たちは脈と神経の配置などを見極め、脳味噌のなかも切りわけて覗く。

時間はいくらあっても足りない。腑分けをつづける者もいれば、激しく意見をぶつけあう者たちもおり、小屋のなかは息苦しいほどの熱気を帯びていった。

そして、すべて終わったときには、空が白々と明け初めていた。

塾生たちは興奮の醒めやらぬ面持ちで舟に乗り、腑分けの術式を諳《そら》んじながら適塾に戻ってくる。

いつものように、炊いたばかりのご飯で握り飯を握り、蜆《しじみ》の味噌汁をつくった。

腹が満ちると、強烈な睡魔が襲ってくる。

やがて、鐵太郎は深い眠りに就いた。

七

その日、鐵太郎は午後から暇《いとま》を貰い、心斎橋筋の本屋街へ繰りだした。

心斎橋筋は北の長堀と南の道頓堀に挟まれた島之内《しまのうち》の中心で、呉服屋の『大丸《だいまる》』が目印となる。

大路に沿って、五十軒からの書肆《しょし》が軒を並べていた。

これだけの軒数がまとまっているところは、おそらく、江戸にもなかろう。棚に並んだ書の数も膨大で、漢籍のみならず、異国の言語で書かれた貴重な書籍も多くあった。もちろん、高価すぎて手の出ないものばかりだ。たいていは豪商や雄藩の書物奉行が求めていくのだが、鐵太郎は表紙を眺めているだけでも幸福だった。

本屋街へやってきた目途は、表紙を眺めることではない。

苦労して仕上げた写本を買ってもらうためだ。

洪庵のところにある貴重な蘭書、たとえば、文法の教科書とも言うべき『ガランマチカ』や文章論の記された『セインタキス』などを書写する。滲みを防ぐべく、和紙の表面に膠《にかわ》と明礬《みょうばん》を混ぜたものを刷毛《はけ》で引き、鳥の羽根の軸を小刀で削ってペン筆となし、軸の先端に墨をつけて書写するのである。

鐵太郎の写本は読みやすくて正確なので評判がよく、なかなかの高値がついた。買ってくれる書肆は決まっている。『三世堂《さんせいどう》』の文右衛門《ぶんえもん》という目利きだ。

「おや、矢背さま、お久しぶりで。お頼みしたものができはりましたん」

「ふむ、寝ずに仕上げた。これに」

手渡した綴じ本をぺらぺら捲《めく》り、文右衛門は満足げにうなずく。

「さすがでんな、えらい出来や。そしたら、お約束のものを」

手渡された報酬はそっくりそのまま、あとでおはるに託すことになる。

束脩《そくしゅう》の足しにするためだが、それだけでは足りないので、塾生たちの多くは実家から仕送りをしてもらっていた。

洪庵は薬代以外に治療費を取らない。貧乏人からは薬代すら取らないこともある。実家に縁のある備中岡山《びっちゅうおかやま》の足守《あしもり》藩から三人扶持を受けているものの、当然のことながら塾の賄いは苦しい。塾生たちが苦労して集めた金で、適塾はどうにか命脈を保っているのだ。

「何でも、適々斎塾の号は『荘子』に由来するとか。おのれの心に適《たの》しみとするところを適しむ。されども、洪庵先生は並の者とはちゃう。先生にとっての適しみとは、人のため世のために尽くすことやとお聞きしました。ほんま、先生は偉《えろ》うおますな。ご努力の甲斐あって、世間もようやくその高い技倆《ぎりょう》を認めはじめた。矢背さま、これをご覧くだされ」

文右衛門にみせられたのは、医者の番付表だった。

東の関脇に「緒方洪庵」の名をみつけ、鐵太郎は欣喜雀躍となる。

「嬉しゅうおまっしゃろ。わいかて、そうや。ほんでも、気いつけなあきまへんで」

番付表に載るのはめでたいことだが、名声があがればそれだけ誰かの嫉《ねた》みを買うことにもなると、文右衛門は警告する。

「番付表に載るほかの医者はみな、漢方医でっしゃろ。たいていの漢方医は、蘭方医をようおもうとりまへん。陰にまわれば、悪口ばかり叩いとります。なかには性悪な輩もおりますよってに、ゆめゆめ油断めされぬよう、お弟子はんのあんさんらが気いつけてあげなあきまへんで」

不吉な予感を抱きつつも、鐡太郎は本屋街を逃れ、道頓堀川へ向かった。

橋向こうには、役者名の書かれた色とりどりの幟《のぼり》がはためいている。

芝居町《しばいまち》だ。

筑後《ちくご》芝居、中《なか》の芝居、角《かど》の芝居、若太夫の芝居、竹田《たけだ》の芝居、そして角丸《かどまる》の芝居。浄瑠璃と歌舞伎を掛ける六つの小屋があり、からくりなどの見世物小屋もたくさんある。小屋のまえには「いろは茶屋」など多くの芝居茶屋も軒を並べ、すぐそばの法善寺《ほうぜんじ》へやってきた参詣客なども集めていた。

瓦町から容易に散策できるところなので、おはると以前から来てみたかった。

が、いつのことになるのかもわからない。近いようで遠いところが道頓堀を渡ったさきの芝居町なのだ。

ひとりでぶらぶらと、芝居茶屋をひやかして歩く。

櫛や簪《かんざし》を売る床店《とこみせ》もあった。

ふと、牡丹の飾り簪に目が止まる。

手に取って眺めていると、見世の者がのっそり顔を出した。

「ほんに、ええお品でっしゃろ。どうだす、だいじなおひとに」

「だいじなおひと」

「いたはりますのやろ。それやったら、迷うことなどあらしまへん。その簪を贈ってさしあげたらよろし。喜ばんおなごはんはおらしまへんで」

勇気を出して聞いてみる。

「いかほどであろうか」

「へえ、おおきに」

愛想笑いをつくる男の口から、目の玉が飛びでるほどの値が告げられた。

「すまぬ、出直してくる」

謝って簪を元に戻し、そそくさと来た道を戻る。

瓦町の適塾へ着くころには、陽も暮れかかっていた。

しんと静まりかえったなかに、誰かの話し声が聞こえてくる。

胸に腫瘍のある名代が訪ねてきたのだ。

どうやら、腫瘍を切除する決断をしたらしい。

今宵は長い夜になりそうだと、鐵太郎はおもった。

八

翌朝、胸の切開手術は無事に終わった。

ほっとひと息ついたのもつかのま、患者の帰りを待っていたかのように、町奉行所の役人が訪ねてきた。

「木村権九郎《きむらごんくろう》である」

横柄な態度で名乗った人物は、大坂町奉行所の同心らしい。

洪庵に縄を打たねばならぬという。

罪状は町奉行所の許可無く腑分けをおこなったことだ。

「道頓堀次郎兵衛長屋、くめ、六十二歳、窃盗および殺し……」

刑死人の素姓を読みあげる同心の声を聞きながら、鐵太郎は庄助のすがたを捜していた。

「あほんだらめ、わざとしよったんやな」

悪態を吐いたのは、塾頭の佐山だ。

佐山は罪状を繰りかえす木村に食ってかかった。

「お役人さま、これは謀事《はかりごと》にござります。どうか、お調べなおしを」

「謀事と申すなら、今ここで証拠《あかし》を出せ」

厳つい顔の木村に詰められ、佐山はへたりこんでしまう。

洪庵がその肩に手を置き、いつもどおりに微笑んでみせた。

「天網恢々疎《てんもうかいかいそ》にして漏らさず。真実はかならず、あきらかとなろう。案ずるな」

そして、木村に向かって両手を差しだす。

「ご随意に」

「引っ捕らえい」

木村の合図で、小者たちが洪庵を縛りあげた。

鐵太郎もおはるも、目に悔し涙を浮かべるしかない。

「こんなことがあってはならぬ」

洪庵が引ったてられてしまうと、適塾は灯が消えたようになった。

「みなで手分けして、庄助を捜すど」

佐山の掛け声に応じ、塾生たちは散り散りに奔《はし》った。

鐵太郎は佐山とともに、二丁先の道修町へおもむいた。

薬種の匂いが立ちこめる町の一角に『山城屋《やましろ》』なる和薬《わやく》問屋がある。そこが庄助の実家だった。

ほかの店と同様に、表口には床几《しょうぎ》が設《しつら》えられ、そのうえに屋号の書かれた出し櫃《びつ》が置いてある。中身はがらんどうで膝に抱えきれない大きさの櫃が、道修町では看板代わりになる。店のつくりも同じだ。家の東側に通り庭があり、門口から庭、土間、中の間、台所と突きぬけて、裏の納屋まで縦長につづいている。

全国津々浦々まで名の知られた薬種問屋の本店が、この道修町に集まっていると言っても過言ではない。ほとんどは和薬を扱い、和薬改《あらため》会所《かいしょ》の仲間に属しつつ、販売を独占している。

一方、数は少ないものの、軟膏の『インクエント』や油薬の『オオリヨ』などといった蘭方薬の看板を掲げた店も見受けられる。

蘭方薬などの輸入薬はまず長崎会所へ集められ、五箇所《ごかしょ》商人の仲介を経て西海路から道修町の唐薬《とうやく》問屋へ運ばれ、薬種仲買仲間によって全国へもたらされる。煩雑な流通経路をたどるうちに値も跳ねあがり、百斤で米一石の数倍もする薬もざらだった。

それゆえ、扱う店も少ない。

たいていは、和薬を扱えぬ分家が商っているようだった。

道修町で新たに店を構えるのは難しい。丁稚から手代、番頭と進んで、運が良ければ十三年で別家《べっけ》料を貰って独立し、株仲間になるために会所から空きになった株を譲ってもらう。

庄助の実家はそうした脇店ではなく、代々長男の継いできた本店だった。

「お尋ね申します、お尋ね申します」

佐山が表口で声を張ると、主人の庄左衛門《しょうざえもん》が応対にあらわれた。

「これは適塾の塾頭さま、今日は何のご用でおまひょ」

「じつは、洪庵先生がお縄になりましてな。庄助はんは、いてはりますか」

佐山が手短に事情を告げると、庄左衛門は眉間に皺を寄せた。

「わいとこの坊主が謀事をめぐらし、洪庵先生を売った言いまんのか。そないな戯《ざ》れ言《ごと》に聞く耳は持ちまへんで」

庄左衛門は高慢な素顔を覗かせ、鼻先でぴしゃりと戸を閉めるように言う。

「お待ちを、庄助はんの行き先にお心当たりは」

「知らん、知らん。帰っとくなはれ」

ふたりは早々に店から追いだされた。

庄左衛門の様子から推すと、庄助は実家に戻っていないようだ。

鐵太郎は『ウルユス』という薬の看板を睨みつけた。

大黄《だいおう》を主薬とした排泄を促す薬のことだ。

庄助のことを、糞溜《くそだめ》の糞のようなやつだとおもった。

「佐山さま、どうおもわれますか」

「ふむ、庄助は最初から胡散《うさん》臭いやつやった。正直、間諜《かんちょう》ではないかと疑っとったのや」

「間諜ですか」

「ああ、山城屋は和薬しか扱こうておらぬ。漢方医と蜜月なのは周知のことで、日頃から蘭方医を敵視しておる。にもかかわらず、できのわるい息子を修行のためと適塾へ押しつけてきた。わしだけやない。あいつは敵のまわし者《もん》やと、みなが疑いの目を向けておったのや」

唯一、洪庵だけは広い心で庄助を迎えいれた。それがまちがいであったと、佐山は言いきる。

「庄助の後ろには黒幕がおるはずや。それが誰かわかりさえすれば、先生を救う道もみえてくるかもしれへん。ともあれ、一刻も早う庄助をみつけだすことや」

「はっ」

返事をしたものの、何処をどう捜したらよいものか、見当もつかない。

ふと、頭に浮かんだのは廓だった。

ひょっとしたら、庄助は新町の揚屋に潜んでいるかもしれない。

「佐山さま、拙者は参ります」

「参りますて、何処へ」

「ちと当てが。ごめん」

不思議がる佐山を残し、鐵太郎は踵を返す。

着物の裾を持ちあげ、すたすたと走りだした。

九

橋を渡れば、正面に大門が聳えている。

鐵太郎はためらいつつも、えいとばかりに大門を潜った。

「さあ、若旦那、お侍さま、お遊びはこちら」

突如、光と音の洪水が襲いかかってくる。

蹲《うずくま》って耳をふさぎたくなったが、鐵太郎は堪え、遊客の波を掻きわけて大路の奥へ進んでいった。

先日、仙吉に連れていかれたのは、佐渡島町の『丁子屋』だった。

それだけはおぼえていたので、出合茶屋の若い衆を摑まえては、片っ端から行く先を尋ねた。

「あっち、あっち」

ぞんざいに応じられたものの、露地を何度も往復するうちに、みおぼえのある楼閣の表口へ行きついた。

「よし、参ろう」

勇んで踏みこもうとする。

「お待ちを」

図体の大きい妓夫《ぎゆう》に止められた。

「初回のお客さまは、一両頂戴せなあきまへん」

歯を食いしばる。

「金はない。人を捜しておるだけだ」

無理に進みかけると、襟首を摑まれて外へ引きずりだされた。

道端に転がされるや、野次馬どもが集まってくる。

「おや、先生やないか」

身を寄せてきたのは、巾着切の仙吉だった。

なぜか、仏の使いにみえる。

「どないしたんや。丁子屋の太夫に惚れたんか」

「ちがう。これには事情が」

「ほう、事情な。いうてみい」

かいつまんではなしてやると、仙吉はにやりと笑った。

「なあるほど、同心の木村権九郎なら、知らぬ相手やない。袖の下を取ることにかまけて掏摸《すり》を見逃す間抜けの根性悪や。それから、庄助とか抜かすぼんぼん、たしかに廓で見掛けたで。従《つ》いてきいや」

隣の小路まで従いていくと、敷居の高そうな揚屋にたどりついた。

仙吉は妓夫《ぎゆう》と何やら会話を交わし、興奮の面持ちで戻ってくる。

「おったで。二階座敷のひとつを借り切りにしとるそうや。連れは漢方医の浜田良順やで」

と聞き、鐵太郎は「あっ」と声をあげる。

名代を連れてきた漢方医にまちがいない。

鐵太郎は合点した。

良順が庄助の尻を掻いたとすれば筋は通る。

「まちがいないで。良順は洪庵先生に名代をとられて口惜しかったんや。それで裏から手をまわし、庄助を使《つこ》うて謀事を企てたんや。おおかた、腐れ同心も仲間やな」

仙吉の読みどおりであろう。

もはや、鐵太郎ははなしを聞いていない。

止めようとする妓夫の手を振りはらい、楼内へ踏みこむや、大階段を一段抜かしで駆けのぼる。

二階座敷の部屋へ手前から順に飛びこみ、三つ目の部屋で庄助をみつけた。

「あっ」

惚《ほう》けた顔の庄助は半裸になり、新造と狐拳《きつねけん》をしている。

上座に目を向ければ、すっかり酔いのまわった良順が別の新造と乳繰りあっていた。

「げっ、鐵太郎」

庄助は逃げ腰になる。

「ぬおおお」

鐵太郎は獣のように咆哮《ほうこう》し、庄助に躍りかかっていった。

「あほんだら」

どんと蹴りつけ、馬乗りになり、固めた拳で顔を撲りつける。

――ぼこっ、ぼこっ。

今までの恨み辛みを晴らさんとすべく、我を忘れて撲りつづけた。

「ひぇええ」

漢方医も遊女も幇間《ほうかん》も、部屋から一斉に逃げだしていく。

「おい、やめい、やめんか、こら」

後ろから、仙吉が飛びついてきた。

鐵太郎は羽交い締めにされてもなお、振りはらって庄助を撲りつけた。

仙吉が耳許で怒鳴る。

「それ以上つづけたら、おまはんがお縄になるで」

鐵太郎は我に返り、のっそり立ちあがった。

庄助は血だらけになり、這うように逃げていく。

腫れあがった拳が、怒りでぶるぶる震えていた。

「おまはんの気持ちはようわかる。世話になったお師匠を罠に嵌《は》められたんやからな。よっしゃ、わしがひと肌脱いだろやないか」

「えっ」

驚いて顔を向けると、仙吉はどんと胸を叩いた。

「謀事の筋書きさえわかれば、こっちのもんや。大船に乗った気で待ったりい」

どんな運命の悪戯《いたずら》か、まさか巾着切に助けてもらうことになろうとは、このときの鐵太郎には想像もできなかった。

十

五日後、南国から燕《つばめ》が巣に戻ってくるのに合わせたかのように、洪庵は適塾へ戻ってきた。

少し窶《やつ》れてはいるものの、元気そうなので塾生たちは安堵する。

「さあ、適塾の再出発や」

と、佐山がみなを煽《あお》った。

解きはなちに貢献したのは、巾着切の仙吉にほかならない。

廓で庄助を痛めつけた翌々日、おもしろいものをみつけたと言い、一枚の書付を携えてきた。それは漢方医の浜田良順から同心の木村権九郎に宛てた依頼状で、金五両の報酬と引き換えに洪庵を罠に嵌《は》めたい旨の謀事が書かれていた。

「ほれ、現の証拠や」

仙吉が胸を張ったとおり、町奉行所へ提出された書付は謀事の動かしがたい証拠となり、洪庵は解きはなちになったのである。

仙吉が書付を手に入れた方法は、鐵太郎しか知らないことだ。

もちろん、ほかの塾生にもおはるにも、告げる気はなかった。

漢方医の良順は無論のこと、良順の走狗《そうく》となって動いた庄助や同心の木村も重い罰を受けるにちがいない。公儀の目も節穴ではないので、落ち度のない者を罠に嵌める謀事については、厳しい処断が下されるものと推察された。

久方ぶりに、朝から雲ひとつない快晴となった。

おはるが晴れ晴れとした顔で部屋にやってくる。

「はい、これ」

まだ廓に行ったことを怒っているのか、ぶっきらぼうに言いはなち、懐中から文を取りだす。

「お江戸の母さまからや」

それを聞いた途端、鐡太郎の顔がぱっと明るくなった。

文には矢背家の面々の近況が綴られ、そちらはつつがなく暮らしているかと何度も繰りかえされていた。そして、幸恵が内職でせっせと貯めたのであろう貴重な束《そく》脩《しゅう》が添えてあった。

鐡太郎は文と束脩を拝むように押しいただき、部屋の片隅で涙を堪えた。

しばらくすると、席を外していたおはるがあらわれ、恥じらいながら「こんど、すみよっさんへお参りに行かへん」と誘ってくれた。

住吉大社《すみよっさん》は摂津《せっつ》国一ノ宮だ。大坂一帯の総氏神として、あまねく知れわたっている。

瓦町から南へ八里余りはあるだろうか、四天王寺《してんのうじ》を越えて堺のほうまで行かねばならない。海のそばなので、白砂青松《はくしゃせいしょう》の続く景色も堪能できると聞いていた。

「安立町《あんりゅうまち》まで足を延ばして、難波屋の笠松も眺めてみたい」

「よし、明日参ろう」

鐵太郎は力強くうなずき、笑いながら「おおきに」と応じた。

おはるは、可愛らしく小首をかしげる。

「それは何のお礼」

「いろいろだ」

「いつまで経っても、上方言葉が板につかへんね」

おはるは朗らかに笑いながら、部屋から出ていく。

鐵太郎は矢立《やたて》を取りだすと、文の返事を綴りはじめた。


——母上、文をありがとう存じます。わたくしは生まれつきの軟弱者ゆえ、侍に適しておらず、さぞや母上は悲しまれたことでございましょう。まことに勝手なことは申せ、おのれの志すところへ進むことをお許しいただき、おかげさまでこの活気溢れる大坂の町で充実した日々を過ごしております。洪庵先生は『医は疾病を治し万人を救う法であるため、塾生は志を高く持って刻苦勉励しなければならぬ』と仰いました。わたくしもゆくゆくは医術をもって救済の一助となりたいと、願ってやみませぬ。近頃は寝る間も惜しんで勉学に勤《いそ》しみ、風邪を引く暇もございませぬ。それゆえ、ご心配なきよう。母上におかれましてはつつがなく、おからだをご自愛いただきますよう、お祈り申しあげております。

大坂の空は時折曇るも、おおむね快晴である。
鐵太郎は文を書きおえ、路傍で摘んだ小さな花を添えた。
現の証拠である。
母の手に渡るころには、押し花の栞《しおり》になっていることだろう。
涼風に誘われて顔をあげれば、遠くの辻から売り声が聞こえてくる。
——金魚、金魚を買うてんか。
ひと足早い夏の売り声であった。

あとがき

「志乃や串部の物語を読みたい。しかも、本編ではけっして語られることのない逸話を読んでみたい」編集者のM氏とI氏（通称MI／ミッションインポッシブル）はありがたいことに、打算のない心情を吐露してくれた。それは自分自身で漠然と考えていた構想を「ほら、これだよ」と形にしてみせてもらった瞬間でもあった。それから一年余りをかけ、月刊誌の誌面をお借りして六編の物語が紡がれていく。

はなしの主人公はすべてちがう。シリーズを支える重要な脇役たちである。色とりどりの糸で編まれた六人六様の面白いはなし。それが成就したときには『鬼役外伝』として一巻にまとめ、世に送りだそう。MIと企てた「大作戦」は現実となって実を結び、今はただ達成感に浸っている。

とにもかくにも「面白い！」と、MIに言ってもらえることが何よりの薬になった。なぜなら、書いた本人には自信がないからだ。ほんとうに面白いのかどうか、推敲を重ねているうちに、時代小説としてもっとも注視すべき一点が曖昧になってくる。何となくはわかるのだが、読者の評価は別物。したがって、一番手の読者でもある編集者の評価が、面白いかどうかの判断基準になる。

書き手と読み手、白刃を手にした者同士の真剣勝負。一冊の本を世に送りだすのは容易なことではない。編集者にも覚悟が要る。できあがった原稿を「面白くない」と言いはなつのは編集者の役割だが、切りすてる怖さもある。プロの矜持がなければ、進退の決断はできない。目利きの力量に信頼を置いているからこそ、何を言われても怒りではなく、闘志を駆りたてられるのである。

物語を綴ることは、マラソンを走ることに似ている。とんでもない距離を懸命に走ってきてゴールテープを切った瞬間、駄目出しを突きつけられる。「おいおい、勘弁してくれ」と叫びたくなる。もちろん、誰よりも書き手の苦労がわかっていても、わかっているからこそ、伴走者でもある編集者はあらゆる情を押し殺し、敢えて心を鬼にしなければならない。はたして「ちょっと本にはできません」と、きっぱり宣言できる編集者がどれだけいるのだろうか。おたがいの信頼と敬意がなければ、本作りはできない。

人が感じる面白さにはいろいろある。素材であったり筋立てや構想であったり、書きっぷりの巧妙さや荒削りで無骨な魅力であったり、受けとり方は十人十色であろう。それもこれもすべて呑みこんだうえで、単純に「面白い！」と言ってもらえることを願ってやまない。ひいては、それが読者の皆さんの歓呼へと繋がるにちがいないと信じるからだ。

『鬼役外伝』に掲載された物語は幸運にも、目利きのふたりから「面白い！」と評価されたものばかりだ。しかも、シリーズ本編に深みと立体感を与えてくれるというお墨付きも頂戴した。その意味では、狙いどおりになったと自負している。

何はともあれ、鬼役シリーズを飽きもせずにこれだけ長く続けてこられたのは、主人公を取りまく脇役たちの魅力に拠るところが大きい。当初、圧倒的に強い主人公を描きだし、その推進力によってゴールまで突っ走ろうと考えていた。ところが、それでは数巻で息切れしてしまう。強くはあっても人並みに悩み、迷い、躊躇する。そうした主人公でなければ共感できないことに気づいた。

主人公を魅力ある人物として際立たせるのはまちがいなく、あらゆる場面に登場する脇役たちだ。なかでも、ともに日常を過ごす家族こそが重要で、家族にまつわる物語はシリーズを読みつづけたい動機付けにもなる。外伝を書きながら、鬼役シリーズはひょっとすると「渡る世間は鬼ばかり」と変わらぬホームドラマなのではないかと気づかされた。鮮血が飛び、悪党は成敗される。それでも、ホームドラマだからこそ、読者から支持を得られているのではあるまいか。

大切な脇役たちが、はたして、これからどうなっていくのか。

さまざまな問いかけが湧き、ひとつひとつにきっちり答えたくなってくる。

おそらく、それこそが本シリーズを書きつづけていく動機のひとつにちがいない。

おもえば、鬼役シリーズの一巻目が上梓されたのは今から十一年前、二〇〇五年四月のことだった。その七年後、二〇一二年四月に光文社文庫で再版され、さらにそれから四年弱のあいだに新刊を十二冊発行していただいた。再版もふくめてシリーズ全巻で十七冊になる。今年の終わりには、おそらく二十冊に達するであろう。自分のなかでは驚異的なペースだ。正直なところ、同じシリーズを何冊も書けば疲弊もするし、途中で投げだしたくもなってくる。

繰りかえしになるが、書下ろし小説はマラソンと同じだ。棄権したい衝動と常に背中合わせである。それでも、本シリーズはまた書きたくなる。マラソンランナーがふたたびスタートラインに立ちたくなる心境に似ているのかもしれない。

『鬼役外伝』はまた、長い道程を走りつづけるランナーにとって必要不可欠な給水の役目も兼ねている。新鮮な水をたっぷり補給したあとは、ＭＩの非情な「指令」

を待つこともなく、ふたたび孤独な闘いの場へと向かわねばなるまい。休まずに、こつこつと……それこそが一番難しいのだが。

二〇一六年三月吉日

坂岡真

国綱質入れ　小説宝石　二〇一四年三月号
月の櫛　小説宝石　二〇一四年十月号
手柄　小説宝石　二〇一五年一月号
なごり雪　小説宝石　二〇一五年四月号
蹴鞠姫　小説宝石　二〇一五年七月号
現の証拠　小説宝石　二〇一六年一月号

光文社文庫

文庫オリジナル／傑作時代小説
鬼《おに》役《やく》外《がい》伝《でん》
著　者　坂《さか》岡《おか》　真《しん》

2016年3月20日　初版1刷発行

発行者　鈴木広和
印　刷　慶昌堂印刷
製　本　ナショナル製本

発行所　株式会社 光文社
〒112-8011　東京都文京区音羽1-16-6
電話 (03)5395-8149　編集部
8116　書籍販売部
8125　業務部

ISBN978-4-334-77259-8　Printed in Japan

組版　萩原印刷

お願い　光文社文庫をお読みになって、いかがでございましたか。「読後の感想」を編集部あてに、ぜひお送りください。

このほか光文社文庫では、どんな本をお読みになりましたか。これから、どういう本をご希望ですか。どの本も、誤植がないようつとめていますが、もしお気づきの点がございましたら、お教えください。ご職業、ご年齢などもお書きそえいただければ幸いです。当社の規定により本来の目的以外に使用せず、大切に扱わせていただきます。

光文社文庫編集部

剣戟、人情、笑いそして涙……

坂岡 真

超一級時代小説

将軍の毒味役 **鬼役シリーズ**●抜群の爽快感！

鬼役 壱

刺客 鬼役 弐

乱心 鬼役 参

遺恨 鬼役 四

惜別 鬼役 五

間者《かんじゃ》 鬼役 六 文庫書下ろし

成敗 鬼役 七 文庫書下ろし

覚悟 鬼役 八 文庫書下ろし

大義 鬼役 九 文庫書下ろし

血路 鬼役 十 文庫書下ろし

矜持《きょうじ》 鬼役 十一 文庫書下ろし

切腹 鬼役 十二 文庫書下ろし

家督 鬼役 十三 文庫書下ろし

気骨 鬼役 十四 文庫書下ろし

手練《てだれ》 鬼役 十五 文庫書下ろし

一命 鬼役 十六 文庫書下ろし

慟哭《どうこく》 鬼役 十七 文庫書下ろし

鬼役外伝 文庫オリジナル

涙の凄腕用心棒 **ひなげし雨竜剣シリーズ**●文庫書下ろし

(一)薬師小路 別れの抜き胴

(二)秘剣横雲 雪ぐれの渡し

(三)縄《なわ》手《て》高輪《たかなわ》 瞬殺《しゅんさつ》剣《けん》岩斬り

(四)無声剣 どくだみ孫兵衛

読みだしたら止まらない!

上田秀人の傑作群

好評発売中★全作品文庫書下ろし!

御広敷用人 大奥記録●水城聡四郎新シリーズ

(一)女の陥穽《かんせい》
(二)化粧の裏
(三)小袖の陰
(四)鏡の欠片《かけら》
(五)血の扇
(六)茶会の乱
(七)操《みさお》の護《まも》り
(八)柳眉《りゅうび》の角《つの》
(九)典雅の闇

勘定吟味役異聞●水城聡四郎シリーズ

(一)破斬《はざん》
(二)熾火《おきび》
(三)秋霜《しゅうそう》の撃《げき》
(四)相剋《そうこく》の渦《うず》
(五)地の業火《ごうか》
(六)暁光《ぎょうこう》の断
(七)遺恨《いこん》の譜《ふ》
(八)流転《るてん》の果て

神君の遺品 目付 鷹垣隼人正 裏録(一)

錯綜の系譜 目付 鷹垣隼人正 裏録(二)

幻影の天守閣 新装版

夢幻の天守閣

光文社文庫